臨床心理士
桜井純一郎／眠れる湖

田所和馬
Kazuma Tadokoro

文芸社

目次

臨床心理士　桜井純一郎

序

臨床心理士　桜井純一郎

「それではこれから講演を始めたいと思います。今日のテーマは母性愛についてです。昨今は様々な社会状況があり、ここでひとつ原点に立ち返って、このテーマについてお話しする意義は、存分にあるものと考えております。それではしばらくの間、お付き合いください。

さて母性愛ですが言うまでもなく、最も根源的な性格を帯びた愛です。胎児は母親の胎内にいる時、温もりと安心感を無意識のうちに、そして当然のものとして感じているものと思われます。出産後にその胎児は我々が存在している世界へと出てくるわけですが、それは初めての〝分離させられてしまった！〟という感覚の経験であります。それまで当たり前のものとして感じられていた、母親の心臓の鼓動はすでにありません。分離の経験は不安の感覚を乳児にもたらすものと思われます。しかしそれはすぐに母親に抱き締められるという行為によって補われることになります。その要素はあの親しみのある体温、あの鼓動、そして匂いです。
ある一定の時期が訪れるまで、母親が乳児をしっかりと抱き締めてあげるという行為は、原初状態の情緒の安定をもたらすものと考えられます。フロイトの言葉を借りるまでもなく、無意識の領域の重要性はすでに言い尽くされています。出産後から乳児期の〝甘えの不可欠な時期〟にまで、この行為が継続されることが望ましいと私は考えております。

さて母性愛の本質について述べますが〝あなたが私の子供であるという理由だけで私はあなたを愛します〟というものです。この愛は〝無償の愛〟とも呼ばれます。さてここで重要な点は、この〝無償の〟というところです。私達が現実に生活する空間は、市場経済及び市場原理が支配する世界です。構造主義哲学のレビィ＝ストロースが、社会活動における重要なキーワードのひとつとして〝交換〟という用語を指摘しております。

市場経済においてはマネーと商品やサービス及び労働力を交換することがすべてです。乳児が成長し、幼稚園、小学校、中学校と進学したのちの人間関係、そして就職後においても、この交換という概念は多くを支配しております。男女間の愛あるいは夫婦間の愛。これらも基本的には交換の愛にすぎません。交換が成立しなくなった夫婦の結末が離婚なのです。

このように見てくると、人の一生において〝無償の〟の特異性がひときわ浮かび上がってまいります。この特異性という性質を帯びた〝母性〟を人生の最初期に享受する機会に恵まれること。ここには偉大なある秘密が潜んでいると私は考えております。

さて、母性愛の無償性について述べてきましたが、残念なことにすべての乳児及び幼児がこの恩恵を受けられるわけではないと私は考えております。この件については私の中ではある程度の確信のある考えがあるのですが、この場では発言を控えておきます。ただ新聞等でもよく報道されるように、児童虐待という事実が厳然とあるわけです。もちろん母親ではなく父親からの虐待のケースも多いと思われますが、いずれにせよ最も身近なひとから無分別に扱われるわけです。幼い子供の心は真っ白なキャンバスであると私は考えております。そのキャンバスが何色で染められるのか。これは重大な問題でありましょう。

臨床心理士　桜井純一郎

さて、母性愛の〝無償性〟なるものは無意識の領域も含めた、ひとつの人格の一部にビルトインされて、そのひとの一生を左右してゆくものでありますが、その無償性を受けることのできなかったひとも、その欠如を人格の中にビルトインされて、一生を左右されてゆきます。そして先ほど述べた〝交換〟の概念が再び登場してきます。すなわち無償のものがありうるということを意識的、無意識的にかかわらず、理解不能となるのです。この世界のすべての事象は交換によってしか得ることはできない。おそらく無意識の領域でのイメージではありましょうが、ニヒリズムの出発点のひとつはここからではないかと私は考えております。……」

市民ホールでの四十分ほどの講演を終え、臨床心理士・桜井純一郎は控え室でひと息ついていた。甘い缶コーヒーが、微かな疲れを感じていた桜井の胃と心を優しく満たしてくれている。今日は日曜日でほかの仕事はない。明日はクライアントとの面接が三組ほど入っている。桜井は大きく深呼吸をひとつして帰り仕度をし、外へと足を運んだ。外は見事な夕焼けに染まっていた。さあ、明日からまた仕事だ。桜井は軽い足取りでゆっくりとバス停へと向かった。

桜井純一郎の素顔①

桜井は四年制大学の文系を卒業後、あるメーカーへと就職した。しかし、仕事においてやりがいとか生きがいとか、そういうものをどうしても感じることができなかった。毎日がただ無為に、そして忙しさだけで時がどんどんと過ぎてゆく。そうして一年が経った頃、桜井は自分をもう一度見つめ直すことを始めた。自分はいったいほかの何を生業として生きてゆきたいのだろうか？　色々と思索をかさねた結果、困っているひとの力となって、それを助ける存在になりたいというぼんやりとした欲求が、自分の中に潜んでいることに気がついた。

それからは休日に図書館へ足を運んで、様々な職業としての資格について調べる生活が始まった。しばらくしてから、桜井は臨床心理士という資格に出会うことになる。〝患者の様々な心理的な問題を検査・診断して心理療法を行う臨床心理学の専門家〟。

桜井は思春期に経験した様々な心理的葛藤を思い返した。反抗期における自らの問題行動や、性についての問題……。あるいは未成年達の深夜における歓楽街での徘徊。クラス内で経験したイジメの数々。子供達が健全で前向きな方向で育ち、生活して欲しい。そしてそのための力になりたい。また、心理的に悩んでいる人達の力にもなりたい。桜井の心にこの資格への格別の興味が芽生えた。それからは……。

臨床心理士になるためには、指定された大学での四年間及び大学院で二年間学ぶ必要があることが分かった。そして桜井の今回の決断は早かった。とりあえずは生活のために会社勤めを続けながら大学入試の勉強を始めよう。きつい生活が待っていることは想定されたが、それを何とか両立させて、桜井は大学入試合格を勝ち取ったのであった。

桜井の新たな大学生活。それを支える資金は、多くはない蓄えと奨学金そして家庭教師としての収入だった。家庭教師として特に多くの収入をもたらしたのは、ちんたらとしか勉強をしてこなかった医学生へのドイツ語の家庭教師だった。彼らにとって、ドイツ語の習得はまさに死活問題であり、その親の裕福さともあいまって、とてもおいしいアルバイトだったのである。

臨床心理士を志す学生にとって、四年制の大学プラス二年の大学院生活は長すぎると最初は考えるものである。しかし実際に深く取り組んでいくうちに、きちんとしたスキルを獲得するためにはプラス二年でも短いと理解するようになる。授業の欠席などはまったく考えられないものであり、六年間の学問との濃密な取り組みを桜井はやり遂げたのである。そして三十歳の時に桜井は卒業を迎えた。スキルの習得の度合いには桜井は大きな自信を抱いていた。あとは実践で経験を積むのみである。臨床心理士は何よりも経験が重視される資格である。大きな希望を胸に桜井は学び舎をあとにした。桜が咲き誇る季節であった。

臨床心理士の仕事

クライアントが治療者、すなわち臨床心理士に会った時に、安心して心の深層に下降して話ができると感じさせるためには、治療者の心がクライアントに開かれている、このような関係を築くことがまず大切である。そしてとにかくクライアントの話を聞くことである。心理的な悩みあるいは問題を抱えて相談にやってくるクライアント達。そしてもう一方には、そのひとの問題の解決を援助する治療者がいる。治療者とは臨床心理学的な知識や体験を生かして、クライアントの理解に努め、彼あるいは彼女が自ら問題を解決していけるように、できる限り援助し、共に歩んでいく存在である。

目を転じてこのことをクライアント側から見ると、心理療法とは、他者によって自分が理解され、受け入れられるという体験を通じて、クライアントが自らを理解し、問題解決のために立ち向かっていく過程ということになる。心理療法では、双方の会話を通じて、このように理解し理解されるという相互の信頼関係が基盤となって、クライアントはそれまで気付かなかった自己の一面を発見していく。それが他者、ひいては外的世界の発見へとつながり、成長していくのである。

桜井純一郎の素顔②

桜井は現在、四十代半ばであり、臨床心理士として充分な経験を積んで、臨床心理相談室を個人開業している。市内の利便性のよい場所のビルにコンパクトな相談室を構えていて、メインのデスクとついたてで仕切られた後ろには事務の女性がいる。そして面接室と待合所がある。クライアントとの面接は完全予約制であり、治療契約に基づいて、面接時間の延長は原則ない。臨床心理の面接においては決められた時間内で完結されることが、実は重要な要素なのである。

桜井は独身である。離婚経験もない。それには、ある訳がある。その頃桜井には心から慕って交際していたある女性がいた。しかし彼女はある日突然、別れて欲しいと切り出したのだった。何を訊いても彼女は多くを語ることはなかった。そして数日後、桜井からのプレゼントの品々が宅急便で届いた。携帯番号も変更されていて、桜井にはもう為すすべがない状況であった。

それから半年ほどが経って、彼女が結婚したことを風の噂で耳にした……。臨床心理士として桜井が再出発した三年目の出来事だった。もともと桜井にとって、女性はどちらかといえば苦手な存在であった。それからは……半分遊びで半分恋愛のような関係性しか、女性達と結ぶことができないでいたのである。

臨床心理と社会適応

臨床心理においてのキーワードのひとつは、自己実現と社会適応とのバランスである。誰しも社会適応できなければ、この現実社会で健全に暮らすことはできるはずもないのである。一方で、たとえば登校拒否には母なるものからの自立というテーマが潜んでいることもあるのが、難しいところではある。しかしこのことは別の問題なので、ここではこれ以上触れないこととする。

社会適応するには、実に様々なテクニックが要請されることにあらためて驚くべきである。そのテクニックは各個人の性格やこれまでの経験、あるいは知的レベルに大きく左右されるものであり、一概に言及できるものではないが、桜井が獲得しているものを次に紹介してみる。ただ断っておくが、各クライアントに積極的に告げるたぐいのものではない。

〇A君とB君が合わないということについて。生まれも育ちも違う者同士である。性格や嗜好も当然異なる訳だから、合わないことは当然ある。そこに良し悪しの価値判断は存在しないし、なるべく避けて接触がないように意識的に行動することだ。もし接触があって何らかの会話をしなければならない時には、当たり障りのない話題を選ぶことが肝要である。それに加えて作り笑いのひとつでもできれば、完璧である。

〇ある優れた知性が存在していて、それは雄弁さという行動としてまず現れがちであるが、もうひとつ上の知性で寡黙さという信条を手に入れるひと達もいる。現代の社会において、この寡黙さというものは、ある種類のひと達には必要不可欠なものであると思っている。要するに、時間、場所、機会に応じて、このふたつを上手く使い分ける訳である。一種の世渡りのテクニックであり、社会的安全性を確保するすべてである。能あるタカはツメを隠す！

○社会適応という名の下で、過剰に自らを抑えすぎるのも逆に考えものであること。自らのプライドや名誉、自尊心などを理不尽に踏みにじられたら、きちんと抗議なり行動に移すなりして、失われたものを回復する行動をとるべきである。要するに自らの身は自らが守れなくてどうする！　誰も守ってくれないよ、ということだ。ただし相手が職場の上司であるケースでは、これは適用不可である。

○同じ組織内での異性関係について。充分注意して自らの責任において行動すべきである。二股など、もってのほかである。

○視線の方向について。相手の目を見ながら行為すべき時と、視線を足元へと向けるべき時。適切な関係性の継続のためには、この気配りは役立つ技術である。

○男性で、ひと言多いひとへの忠告。男性はひと言少ないくらいでちょうどいい。

○ある組織においてある慣習がある時、自らがその慣習に疑問を持ったとしても、それに従うべし。悪法もまた法なり。

○労力を惜しまないこと。見られていないようで、実は他人はよく見ているものである。労力を惜しむと自らの評価そのものを、おのずと下げてしまうことになる。
○この事例は過剰適応の例である。小さなことにこだわるあまりに、結果として大失敗を招いてしまうこと。

心理的問題を抱えたクライアント達。そして一見正常に社会生活を送りながらも、実は多くの心の問題を抱えながら日々を過ごしているひと達。精神安定剤を服用しながら仕事をこなしているひとは、決して少なくはないと桜井は耳にしている。外面的にだけでも社会適応するには、実に多くのノウハウとエネルギーを必要とするものなのである。心理的問題を抱えたクライアント達がこの壁にぶつかり苦悩することは、まことに理解可能なことであると桜井は感じている。

当たり前に学校に通い、当たり前に会社や役所に通勤し続けること。当たり前だと思っていること、思われていることは、本当のところは決して当たり前ではありえないのである。その裏で実はどれだけの労力、努力が払われていることか。

桜井はそのことを知っている。

桜井純一郎のネットワーク

小、中、高等学校におけるスクールカウンセラー、規模の比較的大きい病院に勤務する臨床心理士、児童相談所の職員、心療内科医及び精神科医である。桜井は近隣の各氏達とは面識を持ち、クライアントのケースによって、それぞれ協力し合う関係を築いている。桜井は酒を嫌いではないし、カラオケも苦手ではない。夜の付き合いはビジネスを円滑に進めるためには必要不可欠であることは、充分に心得ている。

児童相談所がなぜ含まれているのか疑問の向きがあるかもしれないが、主として児童虐待が疑われるケースに通報する場がそこなのである。投薬治療が不可欠の場合には精神科医が担うケースであり、投薬治療と心理療法の両方が望ましいケースもある。各学校におけるスクールカウンセラー達は、思春期に特徴的なケースを主に扱うひと達であり、その分野の知識に精通した専門家である。

　時計が午後五時を告げ、桜井は帰宅する準備を整えて相談室をあとにした。今日は疲れの加減がやや多い。夕食を済ませ、酒を軽く口にしてからマンションに帰ろう。桜井はなじみの小料理屋に立ち寄ることにした。

　店の暖簾をくぐり、女将ににこやかに挨拶して、鯖の塩焼き定食と瓶ビールそしてつまみに煮込みを注文した。夜でも定食を出してくれるので、この小料理屋を桜井はとても重宝している。味もまたいいのである。

「桜井先生、お仕事のほうはいかがですか？」

　女将がにこやかな表情で語りかける。桜井も頬を緩ませる。

「まあ何とかやっております。女性ひとりを雇っている身分ですので、自由気ままになどとはとても言ってはおれませんよ」

　女将はそれ以上言葉を発することなく、鯖の調理に取りかかる。ほどなくビールと煮込みが運ばれてきて、桜井はさっそく喉へと流し込む。仕事終わりのこのひと口目が何とも最高なのだ。桜井はこのように過ごす時間には、仕事のことを忘れることにしている。オンとオフを切り替えることは桜井にとって、さほど苦手なことではない。逆に、それが苦手なひとはかわいそうだとも思っている。終わってしまったことをいつまでも引きずっていてどうするのだ？

定食が運ばれてきて、桜井はさっそく口に運ぶ。ライスはやや多めでと互いに了解済みだ。追加料金もなしである。天然だしの味噌汁も心に染み入る味だ。具の豆腐も悪くない。

追加の酎ハイを飲み干して、桜井は店をあとにした。空を見上げると三日月がぽっかりと浮かんでいた。

夜まわり先生①

桜井は週に一度、あるボランティア活動に参加している。その会の名は〝夜まわり先生の会〟。各学校の先生達やそのＯＢ達、警察官を退職した方々、そして様々な有志達がこの会に参加している。活動内容は歓楽街を深夜徘徊する少年少女達への声かけである。まだ価値観の確立がなされていない年齢の彼ら彼女達が、ひととしての道を大きく外すことのないように、そのための力になりたいと思う大人達の活動である。

参加者は活動する時、皆同じキャップを被ることになっている。白地で真ん中に太く緑の線が入っていて、〝夜まわり先生〟と横書きがしてある。単なる不審者と間違われないための配慮である。今回桜井は合計三名でひとつのグループをつくり、夜まわりを始めた。ほかのふたりは元警察官と民間企業ＯＢである。桜井とはひと回り以上は年齢が離れているだろうか。元警察官氏が歩みを進めながら桜井に語りかけた。

「桜井先生のような四十代の方がこの会に参加していただいているのは、とても喜ばしいことです。しかも心理学の専門家でいらっしゃる。いやぁとても心強いです。私達みたいな初老ばかりでは、子供達からも逆になめられてしまいがちなのです。できるだけ参加を続けられることを望む限りですよ」

「はい、可能な限り参加を続けるつもりでおります。とにかく若いひと達の未来はとても大切で壊れやすいものです。大人達は自らの過去に照らして、彼らのプラスの気持ちもマイナスの気持ちも完全ではないにせよ、理解可能ですよね。大人達は若いひと達をある時には励まし、ある時には叱って、ひととして大きく道を外すことのないように導いてやる責任があるのです。そう、責任です。他人の子供であることは、実は大きな問題ではないと私は考えています」

元警察官氏は笑顔を見せてから頷き、そして顔をすっと前へと向けた。これからひと仕事するぞという強い心構えが垣間見られた気がした桜井だった。

「ちょっとお嬢ちゃん達！」

民間企業ＯＢ氏が、ふたり組の制服少女達に声をかけた。彼女達は少し驚いた表情を浮かべ、二、三歩あとずさりしたが、桜井と元警察官氏もすぐにふたりを取り囲んだ。

「キミ達高校生だろう？　もう夜の十時だ。こんな所で何してるんだ？」

元警察官氏が真顔で質問した。その口調には自らの娘に対してするような、強い真剣さがあった。

「何って……ただぶらぶらしていただけだよ。ここにいたら何か面白いことがあるかもしれないじゃない」

長身の黒い髪と、中背のブラウンの髪のふたり。そのブラウンのほうがこう答えた。何か面白そうなことか……いったいそれは何だろう？　桜井は思案したが、やはりオトコ関係だろうか？　民間企業ＯＢ氏が心持ち顔をしかめながら、ふたりにこう訊いた。

「キミ達ねえ、ちょっとタバコの臭いがするように思うが、もしかして吸っているのかい？」

ふたりの顔が、えっ！　という表情に変わった。そしてドギマギとした様子を見せた。

「えーっ、タバコなんてやってないよう！」

素早く元警察官氏が口をはさんだ。

「そうか、やってないんだな。私はキミが言ったことを信じよう。私達は取締りで来ているわけではないからね。それに持ち物検査をする権限だってないんだ。そんなことよりも、まだ終電がある時間だから、とにかくすぐに帰りたまえ。こんな時間に高校生が歓楽街をぶらついているのはよくないことだ。分かったね？」

女子高生ふたり組はほっとした表情を見せてペコリと頭を下げ、素早く身体の向きを変えると駅のある方向へとダッシュして、あっという間に人混みに姿を消した。桜井は元警察官氏の発した言葉に感心していた。なるほど、と。桜井がこう発言すると元警察官氏はそれに答えた。

「おそらく彼女達は喫煙していたのでしょう。でも真実などはここでは二の次にすぎません。とにかく人間関係はまず相手を信用する、あるいは認めることから始まるものです。警察官の仕事は疑わしいことを疑うことから始まりますけれど、同時に相手を信用することから始めることも実は重要なことなのです。疑うことからは真の人間関係が始まることなど決してないのです。世の中とはそういうものではないですか？」

元警察官氏はこう答えて固い表情でジッと桜井を見つめた。学問の世界にいる桜井に挑戦しているかのような眼差しだった。桜井はすべてを察して笑顔を見せ、右手の手のひらを開いて元警察官氏に差し出した。元警察官氏も頬を緩め、ふたりは握手を交わした。それは社会経験が豊富な者同士での心の交流であった。だが真実とは本当にひとつしかないものであろうか？

桜井純一郎の部屋

桜井が住んでいるマンション。勤務地から徒歩で十五分ほどの距離にある、２ＬＤＫの造りの部屋である。住み始めてから十年ほどになるだろうか。臨床心理相談室での収益が安定軌道を迎えてから数年を経て、家賃が安く狭い部屋から引っ越してきたのがこの部屋である。特に特徴のないありきたりの部屋であるが、男ひとりが暮らすには何の不満もない。

さて、この部屋にはある絵が額縁に入れられて飾ってあるのだが、それは以前に担当していたクライアントが描いた作品だ。クライアントの心理状況を診断するために絵を描かせるのは、臨床心理士がよく使う手段である。一回目の面接を経てから、桜井は彼女に〝何でもよいので好きな絵を描いてください〟と告げ、画用紙と鉛筆、そしてクレヨンを手渡した。そしてもうひとつ、〝いつもの面接時間内で描いてくださ い。完成できなくてもよいのです。それでは始めてください〟。

彼女は二十代前半で職業はある会社の正社員、主訴は社会適応困難であった。

彼女はしばらくの思案の末、絵を描き始めた。その作業に極度に集中している様子に、桜井はまず〝？（ハテナマーク）〟が頭をよぎった。そして描かれている線に目を移すと、全くの素人ではないことが明らかだった。慌てて過去の、描画解釈講義の授業を桜井は思い返した。各講師達の発言や仕草が、特に印象的だったものを主として次々に脳裏をよぎってゆく。ただし自らも芸術に関する解釈技巧には、過去の自分の蓄積も含めて、ある程度の審美眼を有しているという自負はある。桜井は緊張感を保ちながら彼女の作業を見守った。そして面接時間は終わりとなり、彼女は作品を桜井に手渡した。それから彼女はすぐに心理相談所をあとにした。

ひとり残された桜井。桜井は描かれたものを詳しく解読する。猫とアメーバーが混在した絵だった。半分抽象画じみた絵であり、彩色を施された部分は全体の五分の一ほどだった。しかし彩色された部分は特に心理的解釈に適したものであった。まず呼び起こされたのは彼女の完璧主義的な素養であった。細かいところが精密に描写され、手抜きがない。そして彩色されていないアメーバーだ。見たことがないハズのものが想像力豊かに大胆に描かれている。そして線の一本一本がリアルに伝わってくるのだ。

部分の分析を終えて全体の評価の作業へと移る。ふっと違和感を覚える桜井。全体のイメージとして、あまりにも作者の感受性が強すぎるのだ。線のひとつひとつの動き、そしてその色使いが凡庸とはかけ離れすぎている。プロなら当たり前でも、彼女はそうではないのだ。日常生活において、感受性が鋭すぎるのはある意味、凶なのだ。世の中を無難に渡ってゆくためには、ある程度の鈍感さが求められるものだ。鋭すぎる感性は様々な軋轢を生み、本人が活き活きと本来的に世の中を渡ってゆける可能性を低くしてしまう。そのひとの未来には、きっと多くの困難が待ち受けていることだろう。桜井は彼女の絵からそう判断を下した。

一方で感受性が強すぎることを自らの強みとして、職業としての芸術家で生計を立てられるひと達のことを考えた。連想されたものはまず、変人でありがちであることだ。世の中のしがらみや様々なルールに捉われることのない生き方。普通に日々のご飯が食せる状況を手にしているとすれば、たとえ変人でもその生き方はアリだ。彼らの生活には臨床心理士も精神科医も必要ない。特殊技能を持った特別なひと達として、社会は彼らを認知するのである。

絵を描いた彼女。それから数回ほど桜井の面接を受けに来たが、ある日を境にぷっつりと来訪が途絶えて現在に至っている。臨床心理の現場においては、〝来訪する〟という事実にこそ重い意味があるのだ。親に無理やりに連れてこられるにせよ、自由意志であるにせよ、その事実になんら変わりはない。彼女は現在どうしているのだろう？　人間関係に苦しんでいないか？　仕事は続いているのか？　額縁に飾られた絵を観る時に、桜井にはこのような思いが頭をよぎる。桜井のクライアントではもうない以上、彼女に対してしてあげられることは何もない。ここで桜井は頭を切り替える。思考停止である。私はプロなのだから……。

桜井純一郎と美香①

ある土曜日の夕方である。桜井はなじみの居酒屋のカウンターに座っていた。ここで、ある女性と待ち合わせをしているのである。生ビールと刺身の盛り合わせが目の前にある。ほどなくして女性が姿を見せた。

「純ちゃん、遅れちゃってごめんね。子供のことでちょっとあったものだから……」

彼女はアラフォーでバツイチ、娘ひとりありで、ある会計事務所で働いている。桜井とは二年ほどの付き合いになるだろうか。名前は美香といい、あるスナックの知り合いのママの妹だ。娘は現在、中学生である。美香はさっぱりとした性格の持ち主で、かなりの酒豪でもある。桜井は美香とはなぜか気が合う。美香と会っていると桜井は心の落ち着きを感じるのである。十代や二十代のカップル達とは違う、互いに社会経験を充分に積んだオトナ同士でのオトナの付き合いが、ふたりにはあるのである。桜井は美香の言葉に笑顔で応えた。生ビールが美香にも運ばれてきて、桜井は口を開いた。

「一週間のお仕事、お疲れ様でした。乾杯！」

「乾杯！」

美香が生ビールをゴクゴクとうまそうに喉に流し込んでいる。濃いブラウンに染められたセミロングの髪が、とても印象的だ。そして緑を基調にしたワンピースに赤いパンプスが、美香の華やかさをより引き立てている。心持ち薄めの唇にはピンク系の口紅が施されていて、パフュームのさわやかな香りが微かにする。ひと言で言い表せば、〝きちんとしたオトナ女子〟といったところか。桜井が再び口を開く。

「美香さん、仕事はうまく運んでいるの？」

「そうねえ、まあ何とかかって具合かな。仕事よりも、娘が中学に進学してからの毎朝の弁当作りのほうが、ちょっと負担になっているのが現状よ。早めに起床して私の分も含めて弁当を作って、それから朝食をこしらえて、起きてきた娘に食べさせて、その間に洗濯機も回すわけじゃない。それからはお化粧をして髪も整えてと、まあ大忙しの朝なのね。それが毎日続くのよ。慣れたらなんとか……ってよく言われるけれど、冷静になって思い返したら、私よくやっているな～って感じだよ。まっ、シングルだからダンナの世話だけは必要なしだけどね」

美香は笑顔を見せながら現状についてこう語った。見ると美香のジョッキはすでに空になっている。美香は新たに酎ハイを注文し、バッグからタバコセットをおもむろに取り出すと一本を口にくわえ、火を点けた。とてもうまそうに吸う美香だった。

「離婚の話が持ち上がっていた頃に、心労がすごくて強烈なストレスがかかる毎日だったのよ。それを半分和らげてくれたのがタバコだったわけ。だから始めたのはその時からよ。それまでは一切吸ったことがなかったのだもの。だからタバコはある意味、私を支えてくれた恩人なのよ」

美香は半分吸い終わるとそれを灰皿に押し付けて火を消した。そしてにこやかに酎ハイを喉に運んだ。桜井は二度目の大学進学時にタバコをやめている。吸いたいとももう思わない。そしてタバコを吸う女性は嫌いだ、というたぐいの男でもない。法律が認めていることを行うのは各自の自由であり、健康への影響とかについては、自己責任で考えればよいという立場である。そもそも合理性だけを前面に出して、それを他人に押し付けようとする姿勢自体がおかしいと考える桜井だった。不合理的なことも含めて、それをあえて成す存在が人間ではないだろうか。

「桜井先生、そちらはいかにお過ごしですか？」

美香が茶目っ気たっぷりに話を振ってくる。おいおい、と思いながら、苦笑いして答える桜井。

「美香さんがなんで先生なんて呼ぶんだ？　いつもどおり純ちゃんでいいよ」

「あはは、それもそうなのだけど。でも大学院を卒業しているなんて、やはりすごいと素朴に思っちゃうじゃない？」

「大学院に行かなければ取れない資格なのだからね、飯のタネなのだからそりゃあ懸命に勉強するわけさ。ま、落ちこぼれていった奴らも少なくはなかったけれど」

「やはりそうなの。ま、ほかの仕事でもご飯は食べられる訳だから、そのひと達の選択も一概に間違いとは言えないと思うわよ。極端に言えばこんな仕事、自分にはとてもムリだと悟ったひと達がおそらく多かったのだと思う」

「う〜ん、それは否定できない指摘だ。この仕事は向き不向きがとてもはっきり表れるから、向かないひとが早めにそれに気付くことは、とても重要なことだな。たとえばひとの人格の総合的な理解には、哲学の分野の知識とかも否応なく必要になってくるわけだし、様々な文学作品に親しむこともやはり望まれることなのだよ。文学は様々な人間のあり方の可能性を探求してゆく分野だから、どうしてもそうなるかな」

「桜井先生は学問をとにかくやり遂げて、そのうえでこの仕事に適性があって、心理相談所を長きにわたって維持してこられたのだから、やはり立派だわ。で、今日はこれからどうするの。センセぃ?」

ほのかな笑顔を作りながら美香は桜井の目を覗き込んだ。それを見つめ返す桜井。しばらくの沈黙を経て、桜井は意味深な口調でこう答えた。

「今日は久々にアソコへ行こうかな?　アソコで分かるだろう?　お互いにいいオトナなのだから……」

美香は甘えたような顔つきになって下を向き、しばらくもじもじしていたが、すぐに明るい調子の声でこう答えた。

「今日は値の張る下着を着てきたから、それでいいわ。これからタクシーを拾って早速行きましょう」

桜井はこれに答えず、すっくと席を立って勘定を済ませた。美香も桜井に続き、ふたりは店をあとにした。そして自然に手を繋ぐふたり。ほどなくタクシーはつかまって、車は東の方向へと走りだした。夜はこれからまだ長い。勤労戦士達の次の休息時間がこれから始まるのだ。

夜まわり先生②

ある日の夜まわり先生のボランティアがあった夜だ。桜井は今回も参加して歓楽街を歩き、何組かの未成年達に声かけをした。時は夜の十時半だった。夜まわりの会の別の三人組のグループが桜井達のグループとたまたま合流した。そしてそのリーダーと思われるひとがこう告げた。

「私達は先ほどから夜まわりを始めたばかりなので、そちらはもう解散されてよろしいですよ。いかがされます？」

桜井は例の元警察官氏と目を合わせた。さてどうしよう？　元警察官氏が答えた。

「今日はちょっと腰の具合が思わしくなかったところでした。それでは今日はこれで失礼することにしますか。いかがです、桜井先生？」

桜井に異存はなく、体の向きを変えようとしたところで、元警察官氏が桜井にこう提案した。

「桜井先生、ラーメン、私とご一緒しませんか？　もちろん割り勘で、ですが」

桜井はこの初老男性と一度じっくり話をしてみたいと思っていたところだった。まさに渡りに船だった。桜井はニコッと表情を緩ませて、この初老男性に頷いた。店に到着するまでの間に、この初老男性の名が、大野であることを知った。その白髪交じりの頭が大野氏の経てきた年月の重さを感じさせる。

ほどなく店に到着し、カウンターに座ると、ふたりは最も定番である醤油ラーメンを注文した。湯気を立てる寸胴、そしてラーメン屋特有の匂いが桜井の心を和ませる。大野氏もすっかり寛いでいる様子だ。

「警察官を定年退職してもう三年になります。まさに真面目さだけが私の取り柄でした。それを取ったら私には何も残りません。ただひたすらに、実直さだけで警察官人生を歩んできた、そんな私です」

大野氏はそう述べて、頬を緩ませた。真面目さかぁ、このひとらしい。ハンサムでは決してないのだが、その人柄を表情全般から察することができる、とてもよい顔をこの初老男性は持っている。写真の被写体にしたいくらいだ。桜井が静かに口を開く。

「定年まで勤め上げること自体がまず頭の下がることです。雨の日も風の日も、勤務開始時間までに出勤し続けることもまたしかりです。真面目さは、古きよき日本人が受け継いできた美徳のひとつではないでしょうか。私の仕事の分野でもひとつの仕事を勤め上げようとする強い気持ちは誰にも持って欲しい、目標のひとつです」

「転職して別の会社に移ったって、人間関係が変わるくらいのものでしょう？　やっていることとなんて別の会社でも大して変わりはしないものです。まあ私の職種は特殊なものでしたから、大きなことは言えませんがね」

こうしているうちに、ふたりにラーメンが運ばれてきた。小腹が空いていたふたりはさっそく胃に流し込んだ。ズルズルという音が周りに響く。そしてスープを飲み、チャーシューを食べる。温かい食事は何とも心に沁みるものだ。ふたりはひたすら食していたが、半分を食べ終えた頃に、大野氏がゆっくりとした口調で語り始めた。

「しかし何ですな、古いタイプの人間から言わせてもらうと、今のチャラチャラとした若いひと達はどうも危なっかしく見えてイケません。犯罪に手を染めなければよいというものでもないでしょう？　真面目さとか、未成年の間は髪を染めないとか、キチンと挨拶するとか、そういうひととしての基本を若いひと達には大切にして欲しいと、この初老男は願う訳です。夜まわりにしても、私のそういう素朴な思いから始めたことなのです。桜井先生はどう思われますか？」

　こう言い終わると大野氏は再びラーメンをすすり始めた。桜井は正直な思いを述べた。

「要するに子供達は、その親達の合わせ鏡にすぎません。その親あってその子ありなのです。ですから真に責められるべきは、現在の未成年達の親達なのだと私は考えています。ひととしての基本こそ、親がしっかりと子供にまず教えてやるべきことではないでしょうか？」

大野氏はラーメン丼ぶりから目線を外し、強い眼差しで桜井を見ながら言った。

「そこなのですよ。いつの頃からでしょうか、大人が他人の子供を叱らなくなったでしょう。ここが一番の問題ではないですか？　現在私達夜まわり先生は他人の子供を叱り、指導して、正しい方向へと導くことを主眼としてやっています。昔、大人は日常的に平気で他人の子供でも叱り飛ばしていたものです。私にも子供は地域社会みんなのものという意識はあります。ここがポイントではないでしょうか」

桜井はこの指摘に思わず唸ってしまった。子供は地域社会みんなのもの。私達はここから再び始めるべきだ。桜井はこのことを大野氏に伝えた。大野氏もこの会話でひとつの結論に至ったことに満足そうな様子を見せた。

食事が終わり、大野氏は財布から五百五十円を取り出した。桜井は黙ってこれを受け取り、自分の分も合わせて支払った。店を出ると外気は少しひんやりと感じられた。

「それでは桜井先生、私はここで失礼します。今日はとても楽しかった。またラーメンを食いに行きましょう。それでは」

大野氏はキチッと頭を下げてから、ゆっくりと駅のほうへと歩いていった。人混みにまぎれるまで、桜井はこの初老男性から視線を外すことはなかった。真面目さを取ったら私には何も残りません……か。いい言葉だ。人生を終えるまで、大野氏はずっとこのままで生きてゆくのだろう。人生の先輩として尊敬すべき人物に会え、しかも実りある話もできたことに、桜井は感謝した。大野さん、宝物のような今日という一日をありがとう……。

面接室外での来訪者

美香のお姉さんであるママが経営しているスナックに、桜井は現在いる。桜井がボトルキープしているのは、麦焼酎である。面識のあった、あるスクールカウンセラーに連れてこられてからたまに通うようになり、美香との出会いもこのスナックで、であった。ママはとても気さくで、艶っぽい魅力を備えたオトナ女子である。

「ところで桜井先生、美香とはうまくいっていますかぁ?」

ニヤニヤとした表情を湛えてママが訊いてくる。少し照れる桜井だったが、あえて真顔で答える。

「何とかいい関係は築けています。ママと同様にサッパリとした性格なので、付き合っていてとても楽ですね。ひとりの女性として魅力的だし、それにわがままも少ない。実社会で様々な経験を経ているからか、ひとの痛みもよく分かっているし、オトコ心への理解度にも不満はありません。まあ、美香さんとのお付き合いが始められたのは、実にラッキーな出来事でしたね」

「そう、それはよかった。でもあの子、若い頃にはとてもわがままな娘だったのよ。多くの男の子達からちやほやされていたからかしらねえ。でも離婚を経験する前あたりから、あの子、性格が丸くなってきたのはたしかに事実よ。苦難から学ぶものがあったのかもしれないわね」

こう言い終わるとママはタバコを取り出して吸い始めた。このひとも実においしそうにタバコを吸うひとだ。やはりふたりは姉妹だな、と桜井は思った。今日桜井がこのスナックに来たのは、実はただ酒を呑みにきたわけではない。ある男性と面会して話をするのが目的なのだ。それゆえに酒量はあえて抑えている。さて、どんな話なのか？

　しばらくして、背広のポケットから赤いハンカチを覗かせた男性が現れた。電話で確認した目印だった。桜井はさっそく椅子から立ち上がって、その紳士を出迎えた。互いに挨拶を交わしてから名刺交換をし、ふたりは一番奥のテーブル席に対面して座った。

「とりあえず何を呑まれますか？」

　桜井は紳士に訊いた。紳士にはどことなく落ち着かない様子が垣間見られる。

「それでは私は瓶ビールをいただきます」

　ほどなくママがビールを持ってきた。ふたりはさっそく話を始める。

「私は竹山和樹です。メーカーのA社で部長をやっている五十五歳です。今日伺ったのは、実は息子の竹山正樹についてのご相談なのです。

　二十四歳で、大卒後に金融のC社に正社員で勤めておりますが、実務において非常にミスが多いと、こちらにも報告が来ております。ひとつミスするたびに、正樹は帰宅後に青白い苦痛の表情を見せて、言葉数は少なくなり、逆に酒量は増えるという悪循環に陥っておりました。最近では周りに感情を表さなくなっておりまして、無表情と言うのでしょうか、親でさえ不気味な思いで正樹を見ざるをえない状況となっております。

桜井先生、臨床心理士として正樹の現状をどう思われますか？」

竹山氏は切迫した表情で祈るように桜井を見ている。桜井はこのケースでの答えがすでに見えていた。ただなぜ桜井にあえてこの話を持ってきたのかは、よく理解できていた。

「竹山さん、仕事上のミスが正樹氏に非常に多いとのことについてですが、これには普通連続すべき意識が途絶する瞬間が彼にはありがちであると、解釈できると推定できます。その時にミスが発生している訳です。また酒の量の件と、そして無表情。正樹氏の現状は明らかに何らかの精神疾患を疑うべきケースに該当すると私は考えます。すでに面接で克服できるレベルではありません。投薬治療が最良であると私は考えますが、これから先のことは精神科医が決めるべきことであって、私にはその権限さえないのです。

私には薬を処方する役割も知識もありません。これから知り合いの精神科医の名前、病院名及び電話番号を書いたメモをお渡しします。優秀な医師ですから、安心して任せて大丈夫ですよ」

竹山和樹氏はガクッと肩を落とした。目線は下を向き、その両肩は細かく震えていた。そして小さく、やはりか、とつぶやいた。桜井は優しく和樹氏の肩に手を置いた。しかし和樹氏はその姿勢を崩さなかった。桜井は再び穏やかな口調でこう語りかけた。

「竹山さん、私に話を持ってきたあなたの気持ちはよく分かります。でも先ほど述べたように、私の力が及ぶ状況ではもうないと考えられるのです。

精神科にかかわったひと達への差別意識は、残念ですが確かにまだあります。それで私のところに話を持ってきた和樹さんの気持ちも理解の範囲内です。しかし和樹さん、正樹氏はまだ二十四歳です。やり直しはまだできるのです。精神が健康になった正樹氏をもう一度見たいとは思いませんか?　環境が変われば人もまた変われるものです。どうか私のアドバイスには必ず従うように、切にお願いします。これはひとの心に携わる専門家の判断ですから」

桜井はママからボールペンとメモ用紙を借りて、必要事項をメモし、竹山和樹氏に手渡した。下を向き続けていた和樹氏はやっと顔を上げて、「ありがとうございました」と小さく声を絞り出すと、財布からおもむろに一万円札を取り出し、それを机に置いて足早に店を出ていった。ママも呆気にとられた表情で、ただ最後の状況を見ているしかなかった。面談料、一万円マイナス、和樹氏のビール代か。これもまたプロの冷徹な収入なのだ。

面接　DVと面前DV

ある日の面接でのことである。主訴は夫からの家庭内暴力であり、心理相談所に来訪したのはその妻であった。そして悪いことに、その暴力は夫婦の長男及び長女の面前で行われているものであった。いわゆる面前DVである。桜井はしばらく頭を抱えてしまった。このようなケースはいくつも経験してきたが、今回は幼い兄妹が精神的に委縮してしまっている様子が、日常的にかつはっきりと垣間見られるようになっているのが現状であると、その妻が伝えたからだ。クライアントは言う。

「私の夫はメーカーのＤ社に勤める営業マンです。夫は三十五歳で、私は三十二歳の専業主婦です。夫とは恋愛結婚で、一緒になってから七年が経っています。長男は六歳、長女は四歳です」

「それで夫はどのような時に、どのように暴力を振るうのですか？」

「夫があれこれ述べることを思い返しますと、営業のノルマが達成できなくてへこんでおり、しかもいつもより多めの酒を口にした時に、私への暴力が始まるように思います」

「暴力はグーで、ですか？　パーで、ですか？」

「さすがにグーではありません。でもパーでも顔を攻撃されるとさすがに痛いですし、精神的にもこたえます。親からでさえ殴られたことのない私ですから、心身ともに受けるダメージはとても大きいものがあります」

「……ほかにされることはありませんか？」

「言葉での暴力もあります。『食わせてもらっているのは誰のおかげだと思っているんだ！』との、ハラスメントのような大声での発言が……。その言葉を発する時の夫の目は完全に据わっており、このままではいつか私達は殺されるのではないかと、身震いすることもあります」

「……その場面に子供達は居合わせているのですか？」

「狭いアパート住まいですので、当然のように一部始終を見ています」

「……残念なことですが、おふたりの子供達の心は、大きな傷を負っている可能性が大であると思われます。一種のトラウマとして長く記憶に残りうるもので、人格形成において悪い影響を長期的に与える可能性があります」

「ふう、そうですかぁ……現在でもふたりの子供は時に精神的に委縮した様子を見せることがあります。子供らしく天真爛漫な振る舞いをしていると思える時と、ふっと私達親に異常に気を使うような、他人行儀な素振りをする時があり、夫に対しても自らの父に対して普通はしない態度を示すことはあるように思われます」

「……分かりました。それでは普段の夫はどのような方なのですか？」

「どちらかと言えば無口で、真面目なひとですかね。ただ時折神経質な一面を見せることはあります。そしていつもはいい父親であるという印象はあるのですが……もしかしたらいい父親を演じているのかなと思わせる時も、たしかにあるでしょうか……」

「奥様はとてもつらい経験をされましたね……そして子供達も同様です。それでは最後にもうひとつ質問します。普段における家庭での夫の飲酒量は、いかほどでしょうか？」

「そうですね、日常ではウイスキーの水割りを二杯ほどでしょうか。しかしあのように荒れる日は、その二倍あるいは三倍は呑んでいると思います。あと気になることとして……いつもは決してない欠勤や遅刻が、例の日の翌日にはままあることです」

　桜井はここでふうっと大きくひとつ息を吐いた。どれだけのことをクライアントに告げ、そして告げないかをしばらく測りかねたからだ。思案する桜井。期待を込めた眼差しで桜井を見ているクライアント。そして桜井の心は決まった。

「まず、奥様。配偶者に暴力を振るう現場に子供達が居合わせることを、〝面前ＤＶ〟と呼びます。ＤＶとは、ドメスティック・バイオレンスの略語で、面前ＤＶとは、子供達の目の前で家庭内暴力が行われることを指します。子供達が実際に暴力を振るわれていなくてもこの行為は児童虐待である、と現在では広く認識されています。児童虐待であることが何を意味しているのかというと、児童相談所にその事実を伝えるべき可能性が生まれるということなのです。

児童相談所とは行政に属する機関であり、児童の福祉増進について相談に応じ、必要によっては児童及びその家庭につき必要な調査・判定・指導を行う機関です。乳児院・児童養護施設・児童自立支援施設への入所措置を決定する機関でもあります。これが第一点です。

次に、第二点は奥様の夫についてです。同じ社会人の男として、ひとつだけ指摘しておきます。彼も組織の内で働くひとであり、仕事をしてゆく過程で様々なストレスを受けながら自分の責務を果たしている訳です。営業職におけるノルマ達成は、まさに大きなストレスの発生源であると思われます。そのストレスと日頃から心にある不満から心のイライラが生じ、それを解消するために過度の飲酒が生じた。そしてその心のイライラと数々の不満と酒の魔力の力が合わさった結果として、奥様への暴力行為が生じたのだと私は分析します。仕事をこなし、そのうえで責務を全うすることは何のために行われているのか？　奥様も承知されているように、まさに家族の生活を守るためにです。社会人の既婚男性にとって、自らの家族の生活を守るという責務自体が、大なる重圧となっていることは間違いありません。

そして最後に、第三点です。酒についてです。ここではそれが身体に与える物理的な側面だけを指摘しておきます。過度の飲酒は様々な臓器に悪影響を与える。これは誰もが認知している事実です。そのうえで、酒は呑むひとの体力を奪うという側面もあります。多量の飲酒により体力を奪われた夫がその事実に抗うことができなくて、欠勤または遅刻をした。このように考えることができます。これで今回の面接を終わろうと思いますが、何か質問したいことはありますか？　何でもよろしいですので、どうぞ」

クライアントはどこか不満そうな様子を露わにしていた。それを察知できない桜井ではない。臨床心理士が何でも魔法のように解決してくれると思われても、こちらは困るだけなのだ。じっと彼女を見つめる桜井。桜井はクライアントが言葉を発するのをじっと待った。そしてクライアントはこう質問した。

「それではひとつ。今回のことを、先生は児童相談所に通告するのでしょうか?」

そうきたか。このことについては、ここではっきりとさせておかなければならない。

「いいえ。今回はそうする意思はこちらにはありません。今後の経過を充分に見通してからと、そちらの同意なしに安易な通告をこちらからすることは原則ありません。安心してください」

クライアントはいったんホッとした表情を見せ、すぐに再び質問した。

「もうひとつ訊きたいことがあります。夫は先生の面接を受けるべきであると思われますか?」

「これは臨床心理の現場での約束事のひとつなのですが、面接室に来訪された方だけの面接を受けるのが原則なのです。特段の事情がない限り、こちらに来られない方の面接を受けることはないのです。もちろん奥様の夫が自主的にこちらに来られるのであれば、それは奥様達家族のよりよい未来のためには望ましいことですし、奥様が説得されて面接室に来られるようになるのであれば、私は誠意をもって必要な助言及び指導と診断をさせていただきます。指導の例では、精神安定剤の服用を勧めることなどが考えられます。

とにかく奥様は今回が初めての来訪ですので、これからどのように事態が経過していくのかを注意深く見守りたい、というのが私の率直な思いです。何かまた望ましくない展開があれば、ぜひともまた来訪してください。その時には奥様の夫の来訪を強く求めることもあるかもしれません。奥様の幼い子供達の心の健康を守ることも、私の大きな使命ですから」

面接時間の終わりが近づいていた。クライアントの表情からは納得し、満足した様子が今は垣間見られている。臨床心理士はクライアントの味方です、と桜井は心でつぶやいた。

最終章　桜井純一郎と美香②

日々忙しく業務をこなしている、臨床心理士・桜井純一郎。そんな桜井がオンの時に精一杯頑張れるのも、オフの時間における美香の存在があるのが大きいのだ。今回の土曜日及び日曜日は、美香の娘の修学旅行期間と重なっている。桜井と美香はこの二日間を一緒に過ごすことにしていた。昼間は映画や、その他の娯楽を楽しみ、夜はシティホテルの最上階のレストランでの食事とお泊まり、と決めている。忙中閑ありだ。

土曜日の午前十時に、ふたりはある映画館の前で待ち合わせをして、ラブサスペンスものの映画を鑑賞した。桜井にはどこかピンとこない内容だったのだが、美香はしきりに感想を述べて、「あの男性の主人公の演技はとてもステキだった」と言う。ふんふんと適当に話を合わせる桜井だった。さて昼食だ。

「美香さん、何を食べようか？」

「お店は任せて。おいしいところに連れていってあげるから。ま、おしゃれなところではないけれど」

着いたのは豚カツ店だった。うん、悪くない。ガッツリいこう。「肉好きの美香なのよ」と彼女は言う。桜井にしても肉好きに変わりはない。ただ年齢を経るにつれて、お酒の席では肴は肉派より魚派へと移行するようになっている。あと、食生活における知識として、動物性脂肪はなるべく避けるという習慣はある。だが、それは日々に多くの頻度で食した場合のことであって、それさえ避ければ特に問題はないと桜井は認識している。豚カツランチは満足のゆくものであった。ソースのおいしさが特に魅力的だった。美香は日頃からおいしい店の情報をたくさん持っている。食にあまりこだわりのない桜井は、美香との時間には彼女の判断をとても重宝している。それからは……。

カラオケ店での歌いまくりの時間が待っていた。のど自慢ほどではないが、桜井も持ち前の美声には少しの自信は持ち合わせているのだ。存分に歌って笑って、気が付くと午後五時が目前となっていた。ディナーと酒の時間の到来である。オトナの時間の始まりだ。

ふたりは予約しているシティホテルへと向かう。ここから徒歩で数分といったところか。ほどなく到着して最上階のレストランへと向かう。店に足を踏み入れるとすぐに絶景が待っていた。高い所からの素晴らしい景色である。ディナーコースは予約済みであり、着席するなりワインがまず運ばれてきた。桜井と美香のコースは肉をメインとしたコース料理であり、おのずと期待が膨らむ。ひと息ついたふたりは会話を始めた。

「とてもいい夜景ね。私達の街がほんとに一望できる……。ここは私、初めてだからなんか感慨を覚えるわ」

「それはよかった。とにかく今日はふたりの特別な夜にしよう」

次々と料理が運ばれてくる。それぞれの量が少ないのが、桜井にはとてもありがたい。

男と女の夜を過ごす予定の日に、たらふく食っていてどうするのだ?

ほどなくディナーが終わって、ふたりは同じ棟にあるスカイバーへと席を移した。薄暗くムードたっぷりの照明が、ここがオトナ達の居場所であることを雄弁に物語っているようだ。ふたりはカウンターの席に並んで座り、桜井はジントニックを、美香はソルティードッグをオーダーした。美香がタバコセットを取り出しながら口を開いた。

「娘の修学旅行にひたすら感謝ね。娘が高校を卒業するまでは、部屋にひとりでの夜を過ごさせる訳には、やはりいかないもの」

「そりゃそうだ。あの年頃の娘には、ひとりの夜に何が起こっても不思議ではないからね。母親をきちんとやることの基本は、やはり押さえておかないと」

ふたりはゆっくりとそれぞれのグラスを傾ける。美香はいつものようにおいしそうにタバコを燻《くゆ》らせている。そして美香が静かにまた口を開いた。

「純ちゃんね、少し前に市民ホールで講演をしたでしょう。実は私、こっそりと聴きにいっていたのよ。私なりに感慨深い内容だったわ。その講師が今、隣にせっかくいる訳だから、それに関連した話を何かしてくれないかしら。どう?」

桜井は酔いが微かにまわり、その気持ちよさに浸っているところだった。美香の申し出を拒む理由は何もなかった。

「何から話そうか……。では、ある女性クライアントの話からかな。彼女はこう言った。〝自分の両親が私に愛情を注いでくれたという記憶がないのです。ひと言で言い表すと、ただ三食食べさせてもらっただけだったのだ、と今になって感じています。

そして自分が大人になって現実に親になったあとでも、自らの子供をどう愛し、どう接すればよいのかがよく分からないのです……〟と。

　このケースは、自然に生まれてくるはずの母性愛の発露が欠落している状態だと分析できる。実存主義哲学の指摘からすると、このような心の働きは当然にありえる訳であって、何も不思議なことではないのだよ」

「じつぞんしゅぎ哲学……ですか。私はそんなの読んだことはないから、よく分からないわ」

「まあ、普通はそうだね。僕だって仕事上、人格の総合理解という必要性にかられて読まざるを得なかっただけだからね。サルトルはこう指摘している。〝実存は本質に先立つ〟と。そしてその哲学の知識があったがゆえに、あのクライアントの発言がより理解できたわけなんだ。異常でもなんでもない、ひとの心のあり方の可能性のひとつとして、僕の心に刻まれた、ということだ」

「……」

「心理学の専門家になってみて、よりよく分かったことなのだけど、それは、僕は母親から純粋なる母性愛をたくさん注がれて育ったのだ、ということだ。その愛は、たとえれば太陽のようなものだった、と今では感じられるのだよ。そしてもうひとつ。僕の母もその家族から、大きな愛をやはり受けて育ったことを、僕は聞いて知っている」

「ふ〜ん、純ちゃんのお母さんと、お母さんが子供の時の家族達かぁ」

「そうだ。それでは次に、大きく括った意味での愛について述べておこう。愛とは甘美でロマンティックな体験である、と一般的には思われがちだけど、実は愛とは人間存在の心の本質的な部分に強く根差した性質を帯びたものであり、同時に大きな力を秘めたものでもあると僕は考えているんだ。

そして愛を与えるひとこそが、同時に愛を受けるひとともなるんだ。単純な図式では、親達からたっぷりと愛情を注がれて伸び伸びと育った子供達は、その親に対しても愛を与え返し、そして子供のその子供達にもたっぷりと愛情を注ぐという図式が完成する。あくまでも単純な形にすぎないけれど、そこには三世代にわたる一種の愛の循環作用というものが形成されているんだ。

これらをまとめると、人間の実存において愛というのは、本来的によりよく生きてゆくためには必要不可欠なものであり、それゆえに自らを力強く支える力の源となるものなのだ、と指摘することができるだろう」

桜井は視線を美香に移した。すると美香の目がうっとりとした様子を湛えている。もう、ふたりの間に交わすべき言葉は存在しなかった。桜井はバッグからルームキーを取り出した。席を立つ桜井と美香。あとには空になったグラスがふたつ残された。

窓からは大きな満月が、顔を覗かせていた。

了

眠れる湖

その小さな湖は、ある地方の山奥深いところにある。この湖には古くから江戸時代の中期に至るまで、その地域を災害や飢饉が襲うたびに、十二歳までの子供を一人ずつ人柱として捧げる風習があった。すなわちこの場所は古代からの霊場なのである。そしてそのような風習がかつて存在していたことは現代にまで語り継がれており、この地域に住んでいる人であれば、誰もが一度は耳にしたことがあるものである。

標高がそれほど高くなく、平べったいいただきを持つ山の頂上にこの湖は位置しており、ここへ来るには徒歩しかその手段はない。最寄りの車道からは、緩やかな勾配が続く小道を三十分ほど歩けば辿り着くことができる。その車道から先に住む者は誰もおらず、電気や水道などは当然整備されていない。行政から開発計画が練られたことも過去にはあったのだが、結局頓挫している。その当時、住民達は眉を顰《ひそ》めてこう噂しあったそうだ。

「……あんなイワク付きの土地なんてなぁ……」

実際に今でもあの風習はこの地方の闇の歴史だとして、口にしたがらない人々は数多い。その結果、この湖にまつわる逸話は全国的に有名なものではない。古文書の研究家や民俗学者、あるいは一部の宗教関係者は別として、だが。観光産業もその暗いイメージゆえに触手を伸ばすことはなかったのである。それゆえこの山は人間の手による開発を免れ、昔からの自然がほとんど手付かずのまま残された。永い眠りについて覚めることのない山、そして湖……。この物語はしばらくの間あるエピソードを語ったあと、この自然を舞台として進行してゆく。


青山夏穂は、高校生の時に妊娠中絶を経験している。夏穂は当時漠然とこう思っていた。

避妊など男の側が当たり前のように気をつけてくれるものだろう、と。しかしそれはまったく世間知らずなお嬢さんの考えだったのだ。妊娠の事実を告げられると相手のバカ男はとたんに顔色を失い、中絶同意書へのサインとわずかな金を渡しただけで夏穂の前から姿を消した。携帯番号さえ変更されていて、夏穂はすっかり途方にくれ、失意とともにこれから経験する手術に恐怖と嫌悪感を覚えた。しかし周囲に妊娠の事実を悟られないためにはほかに選択肢はなかった。夏穂は誰にも告げることなくひとり病院の扉を開ける。そして……あっけなく処理は終わった。しかしこの時点ではこの世に生を受ける可能性があった命を抹殺してしまったという意識は、実は夏穂にはなかった。それよりもアレはバカ男だったのだということが分かった時からもうヤツにさらさら未練はなかったが、ボロ雑巾のように初めて男から捨てられてしまった事実の痛みのほうが、夏穂の心の中心部分をグサリとえぐっていた。それはまだ十代ではあってもやはりひとりの女性としての存在意義、あるいはプライドとでも呼べるものをズタズタにされてしまった、そんな心境だった。

〝アタシの心にぽっかりと空いてしまった穴をどうやって埋めればいいの……今まで生きてきた中で一番つらい時に、今のアタシにはそっと抱きしめてくれる人もいないのに……〟

夜道をとぼとぼとひとりで歩きながら、夏穂の瞳からひと粒の涙がぽつりとこぼれ落ちた。

夏穂の妊娠の事実を周囲の人達に悟られることは結局なかった。自ら友達に語ることはしなかったし、母は中絶初日にこそ夏穂の様子に多少の違和感を覚えていたようだったが、次の日にはいつもと同様に振る舞い始めてくれたので、夏穂は胸を撫で下ろしていた。しかし……しかしである。女として最も屈辱的なもののひとつを体験したあの夜から、奇妙な、しかし確実にあの経験と密接に関連性のある夢を見るようになったのである。

深い睡眠状態が長く続いたあと、それが徐々に浅いものになっていった頃、これまでに経験したことのない、もぞもぞぞっとした感覚が下半身から湧き上がってくるのを感じたかと思うと、ソレは映像に音声を伴って現れた。

『ママ、なぜアタシは生まれることができなかったの……』

こう言ったかと思うとその子供はさめざめと泣きじゃくるのである。そして初日に見た子供の顔は……その顔は……なんと夏穂本人の二、三歳時分のものだったのである。そして翌日は夏穂の母親が幼い頃の顔、翌々日は見たことのない男の子の顔であり、その子は和装をしていた。その服装は過去に時代劇で見た記憶のあるもので、彼は自分のことを〝ボク〟と名乗った。アタシ、アタシ、ボク、ワタシ、ボク、アタシと六日続いたあと、夏穂はさすがに何か行動を起こさなければと切実に思案した。そしてその切実さはまったく道理にかなったもので、毎回ごとに人物の背景に出てくるもの——特徴のある小さな入り江が二つ並んでいて、その真ん中の地面の部分には小さくて古びた祠が建っていた——が何らかの宗教的な意味合いを持っていることが明白だったからだ。

大学受験の勉強などを悠長にしている場合ではなかった。授業中も夏穂はこれからすべき行動を真剣に考えた。しかし答えが出てこないままで、下校する時間がやってきてしまった。

〝ヤバイなぁ、このままじゃぁまたあの夢を見てしまう……〟

とぼとぼとひとり家路につく夏穂のセーラー服のスカートを弱い風が揺らしている。

夏穂の周囲にはいつもとまったく変わることのない風景が広がっていた。ミニバンやバイク、自転車が道路を往来し、キャピキャピとした女子高生達の喋り声、そして笑い声……。夏穂はその何の変わりもない日常性に、もやっとした違和感を覚えた。

〝自分だってほんの少し前までは、彼女達と同じように実際に手に触れることのできる現実世界だけの住人だったのに、夢の中でとはいえ別の世界とのつながりを持ってしまった……アタシはごく普通の女の子で十分だったのに……〟

夏穂はしばしその場に立ち尽くして空を見上げた。青い空だった。そして、とてつもなく広い空だった。心が少し落ち着いた気がした。次に夏穂は瞳を閉じてみた。自分の身体からそして心から、今までに感じたことのないパワーが湧き出てくるのを夏穂は感じた。

〝もしかしてアタシは、ただの世間知らずのナツホチャンから、次元のまったく違う存在へとすでに変わってしまっているのかなぁ〟

夏穂の脳が急ピッチで回転し始めた。これまでに脳が溜め込んだ様々な情報を取捨選択してそれぞれを関連づけ、てきぱきと次々に処理してゆくのが自分でも分かる。

もう少しで何らかの結論が出そうな感じがする……もう少しだ……。そして三文字の言葉が脳の中の映像に映し出されて、その作業は完了した。

『さ　だ　め』

〝さだめ？　ああ、『定め』のことか。運命とかそういう意味だよね。定めに続く言葉は……従う、とか、受け入れる……とかか。『定めに従い、それを受け入れる』。？・？・？〟

夏穂は瞳を開いた。すると数人の人達が立ち止まって、怪訝そうに自分のことを見ているところだった。自分の顔がみるみる赤くなってゆくのを感じた夏穂は、ペコッと一礼してから脱兎のごとく駆けだした。

☆

夏穂は駅前にある喫茶店のボックス席に座り、ジャスミンティーを飲みながら先ほどの思索を振り返っていた。その感情に興奮はなく、自分でも驚くほど冷静さを失っていなかった。その冷静さの証拠として挙げられるものは、自分が現在もそして未来にも決して大物ではありえないし、また成り得ないことを大前提としていたことだ。そして『定めに従い、それを受け入れる』ことの意味は、これからの宿題としてゆっくり理解してゆけばよいと結論付けた。

ティーカップには生ぬるくなったお茶が三分の一ほど残っていた。考えておかなければならないことをひとつ終えて、夏穂は大きく深呼吸をした。そして今日中に絶対に思いついておかなければならない、より重大なほうへと気持ちを切り換えた。そう、あの夢への対処法である。実のところ夏穂はあの夢に対して強い恐怖感とか超気持ち悪いとか、そんな強烈にネガティブな思いは不思議となかった。しかしあれを七日間続けて見ることはやはり避けたかった。夏穂は姿勢をただし、静かに瞳を閉じた。先ほどの続きである。夏穂は集中力を高めて脳を回転させる。今回は連想を中心に据えればよりよい考えが浮かぶだろうという直感が頭をよぎって、様々なことを思い浮かべてみようと試みた。

〝桃太郎……♪桃太郎さん桃太郎さん、お腰につけたきびだんご、ひとつアタシにくださいな♪……う〜ん、あれは鬼を退治する物語か。何か微妙に違うから却下。アニメのガンダム……スーパーパイロット達がモビルスーツを巧みに操縦して戦うヤツ。この前レンタルしたのは面白かったなぁ……あっ、これも全然関係ないや………この前食べた新製品のスナック菓子、アレおいしかったからまた買おう……あらら、また脱線してるよ。ダメだコリャ〞

二匹目のどじょうは柳の下にいなかったと悟って、夏穂は瞳を開いた。窓の外を見ると明るさはまだ十分残ってはいるものの、駅へと向かう時刻まで多くの時間はなかった。焦りがつのる夏穂。何かないか、どうすればよいのか……。その時ふっと過去のある英語の授業が夏穂の脳裏をよぎった。

〝たしかあの時先生は、文章中のキーワードを見つけることの大切さを熱弁していたな。キーワード、キーワード……自分のケースでは、あの夢の映像と音声の中にきっとそれが隠されているはず……幼児達、二つの入り江、そして祠。祠……ほこら。そうか！　そうだった。宗教的なものが、あの夢と関係しているんだった〞

夏穂はやっと解決の糸口を見つけ出した。

〝宗教といえば、キリスト教とか仏教だよね。キリスト教……あっ、ドラキュラは十字架とにんにくが嫌いだった。仏教だったら念仏とか数珠よね。数珠ならうちにもあるわ。そして夢に出てくるあの子達はドラキュラみたいなホラー系じゃないから、にんにくは必要ないな。とりあえず今日はナムアミダブツとかの念仏を唱えて、数珠を身に付けて床につけば、おそらくあの夢を見ることはないはず〟

夏穂の身体からやっと緊張がほぐれた。それと同時に強烈な空腹感を覚えた。

「あの、チーズケーキセットをいただきたいのですが。ドリンクはコーヒーで」

マスターはまったく表情を変えずに、かしこまりました、と答えた。

家に着くと夏穂はそっと仏壇のある部屋へと赴き、こっそり数珠を手にして自分の部屋へ向かった。ドアを閉めてひとりになると、夕食までの時間に念仏を唱えることをやりおえてしまっておこうと考えた。しかしまだ十代の女子高生である。様々な知識が決定的に足りなかった。数珠を身に付けてから夏穂はしばし当惑してしまった。

〝風水では方角をとても大切にするけれど、こんな場合にはどっちを向けばいいんだろう？　やっぱ基本は大事よね。でも……今自分がどの方向を向いているのかさえ分かんないし、ナムアミダブツのナムの意味も分かんない。アミダブツはブツが付いているから、何かのホトケさんだろうと分かるけど……まあこの際基本は無視していいか〟

夏穂はとりあえず今向いている方角のままで、念仏を唱えてみた。空念仏だった。もう一度唱えてみようと思った。ナムと唱えた瞬間に、夢の中に出てきたあの子達のまなざしの真剣さがなぜか急に夏穂の心にドシンと響いた。何で？　何で今頃になってこんなに響いてくるの？　お腹がすいたと訴えている様子でもなければ、小遣いを要求しているものでもない、あのまなざし。まったく人に媚びた様子がなく、地にしっかりと根を張って、自分の命そのものが、そのまなざしの強さによって左右されるとでも言わんばかりの切実さ。夏穂は言葉を失った。

いのち、この世に生を受ける可能性があったアタシの赤ちゃん、アタシの子供……。夏穂はこうべを垂れて両手を合わせ、あらためて念仏を唱えた。今回のものは空念仏ではなかった。夏穂の正直な想いがしっかりと込められていた。心ならずも失われた魂を慰霊すること。これがアタシの『定め』なのかもしれないな。またひとつ謎が解けたのかもしれない。そしてもうひとつ。

〝アタシと名乗るのは、もうやめにしよう。甘えた意識のままでよい、そんな時期はもう過ぎてしまったみたいだから、きちんと、ワタシ、とね〟

その夜からあの夢を見ることはなくなった。それと同時に夏穂の人生の第二章が幕を開けた。そして夏穂自身にもその自覚はあったのだった。

いくつかの季節が足早に通り過ぎ、夏穂は大学生になった。

入学式に出席するためにキャンパスへ赴くと、サークルそして運動部等への勧誘のあまりの凄まじさに夏穂は仰天した。次々と声をかけられ、勧誘のパンフレットを山のように手渡されて、何だか眩暈がしそうだった。

式が終わると学食へ足を運び、ランチを摂った。周りは見知らぬ人ばかりで少しドギマギしてしまう。食事が終わると夏穂はトレイをそのまま横へ移動させ、先ほどのパンフレットに一枚一枚目を通した。大学生になったらサークル活動とアルバイトはぜひやっておこうと夏穂もごく月並みに考えていたので、それぞれをチェックするのに力が入った。その時ふと視線を逸らすと、学食の隅の喫煙席でとても格好よく煙草を燻《くゆ》らせているあるお姉さんの姿が夏穂の目に入った。彼女はコーヒーをテーブルに置き、左手に煙草を、右手に何かの書類を持って、それに目を通しているところだった。煙草を吸う様子があんなにキマっている女性を見るのは、実は初めてだった。一般的には退廃的な印象を周囲に振り撒いてしまうケースばかりなので、『お見事！』と夏穂は心の内で拍手していた。そしてあっぱれな洋服のセンス、ケバすぎず薄すぎないその化粧、心持ち暗いブラウンに染められた美しいロングヘア。まさにザ・ジョシダイセイだった。あの人とぜひ話してみたい。夏穂は強く思ってこれから取る行動が即座に決まった。そう、あの人のあとをこっそりとつけるのである。さっそくトレイを下膳して、夏穂の準備は整った。

それからしばらくして彼女は席を立った。細心の注意を払って夏穂はあとに従う。少しずつ近づいていったのだが、彼女は身長も高く、百七十センチ弱はありそうだった。学食を出て、人でごった返すキャンパスを、彼女を見失うことのないように注意して何とか進んでいくと、ある立て看板の前で彼女は立ち止まった。そしてそこにいた五人ほどの男女学生と談笑し始めた。あの看板には何て書いてあるんだろう？

『占い研究会　男女・美醜を問わず新入生大歓迎！』

占い研究会？　スピリチュアルな領域を扱うサークルか……私ってつくづくそっち系と縁ができちゃったのかな。夏穂は思った。それと同時にその種の領域により深く関わっていくことに、ためらいと恐れを感じた。

〝心ならずも失われた魂を慰霊することが、本当に私の定めなのだとしたら、このサークルと関わりを持つことは、私の今後の人生の行方を決定付けることになるかもしれない〟

自分の顔が強張ってゆくのを感じながらもそこを動けない夏穂。その様子にあの人が気付いたようで、つかつかと自分のほうへ歩み寄ってきた。

「あなた新入生でしょう？　占いのサークルに興味があるの？」

やはりとても美しい人だった。そしてその睫毛がとても長いのが強く印象に残った。夏穂は返答に困ってしまい、自分でも意味不明の言葉しか出てこなかった。あの人は軽い微笑を浮かべて続いてこう言った。

「今夜、新歓コンパをここで開くから気軽に顔だけ出してみて。そこで色々話を聞いてから決めればいいいだけだから。私、法学部三年のヒメミヤサクラよ。あなたは？」

「あの、文学部一年のアオヤマナツホです。ブルーマウンテンにサマー、そして稲穂のホです」

「そう、いい名前ね。待ってるわ」

ヒメミヤサクラさんはこう告げて、夏穂に店の地図が書いてあるパンフレットを手渡した。こうして夏穂の人生の輪がぐるぐると回り始めた。久しぶりにあの夢の映像が夏穂の頭をよぎった。


ヒメミヤサクラさんは、姫宮桜と綴ることを夏穂は知った。サークルのメンバー達はあの人のことを、ヒメと呼びすてにするか、ヒメさんと呼んでいた。ぐるりと宴会場を見回してみて、華のあるキャラは桜さんとその左隣に座る、とても体格がよくて頭もキレそうな男の人だけだった。明らかにオタクっぽい男子もいて、コイツウザッたいかもと思ったが、自分は男漁りをするためにこの場にいるのではないと思い直して、場の雰囲気に溶け込もうと努めた。

「実はコイツ、私のコレ」

桜さんがいたずらっぽく笑いながら、左隣のほうを見て左手の親指を立てた。何の違和感もない組み合わせだと夏穂は思った。

「すぐ近くに国立大あるでしょう？　そこの医学部の四回生なの」

「ウスッ、外科の開業医の息子っす。それでうちの学部以外の人からはボンボン、ボンボンとよくからかわれるっす」

偏差値とその喋り方のギャップが激しくて、夏穂は思わず噴出してしまった。周囲のメンバーもそうだった。そして夏穂はこう質問した。

「何で体育会系の喋り方なんですか？　たしかに体格もよろしいですけど」

「おやじからよくこう言われたっす。どんな職業でもこれからの時代はとにかく体力勝負だと。それで大学に入ってから水泳に凝るようになりまして、するとみるみる筋肉が付いてきてそれも面白くなりまして、それゆえボディービルダーのようにプロテインも愛用するようになりまして。体育会系の体と心を持った医者ってちょっと面白くないっすか？　それとこれには照れ隠しの理由もありまして、この言葉遣いをしていると不思議と人と話すのが恥ずかしくないっす。初対面の人との場合には特にそうっす」

こう言い終えると、医学部生さんは残っていた生ビールをうまそうに飲み干した。

「コイツね、シャイな性格してるのよ」

こう言い終わると桜さんは、にこにこしながら煙草を一本手にとって火を点けた。銘柄はマルボロメンソールだった。そして桜さんのテーブルには麦焼酎のロックが置いてある。どちらもこれまでの夏穂には無縁だったものであり、今日もまだトライしてみる気にはなれず、自分のテーブルにはウーロン茶が置いてある。

「ちなみにね、あちらとうちの大学って昔から交流が盛んなの。だからこんなケースはうちだけじゃないのよ。そうだよね～？」

ふたりは視線を合わすと子供同士のようににこりと笑顔を作って頷き合った。そして、ウス、と医学部生さんは小さく言った。こりゃあ間違いなく尻に敷かれているパターンだわ。夏穂は思ったが、こんなにイイ女が相手だったらそれも仕方のないことか、とも感じた。宴が終わるまでにほかのメンバーとも一応まんべんなく言葉を交わしておいたが、この時点においてはまだ姫宮桜さんと医学部生さん以外に、夏穂の心に残る人物はいなかった。

結局、その場でサークルの詳しい内容が述べられることはなかった。しかし夏穂にとってそんなことはもうどうでもよかった。桜さんと、ヒメさんと接点が持てればそれでよかった。店から出ると外はまだ寒かった。春もまだ浅い時期である。夏穂はスプリングコートを深く着込んで寒さをしのいだ。桜さんと医学部生さんはタクシーを止めてこう言い残した。

「それじゃあ明日部室でね。もちろん青山さんもよ。おやすみなさい」

赤いテールランプがエンジン音とともに遠く過ぎ去ってゆく。そのランプが見えなくなるまで、夏穂はポケーッとそれを眺めていた。オタク君達は夏穂を二次会に誘ったが、それを言葉巧みに断って、ひとり繁華街を意味もなく歩いた。あっ、煙草の自動販売機がある。桜さんの煙草もあった。タスポカードがなくても隣のコンビニに行けば購入はできる。

しばらくの思案のあと、夏穂は店内に入ってそれを買い求めた。

〝今日という日の記念と、いつか無性に欲求するかもしれない日のために、自分の机の引き出しにこっそり入れておこう〟

小悪魔的な心情が心に生まれて、これもなかなか悪くないな、と思った。だって優等生のナツホチャンとしか人から思われないなんて、なんかツマンないじゃない？

夏穂は鼻歌を歌いながら駅へと進路を変えた。一瞬強い風が吹いて夏穂のセミロングの髪を揺らした。


「占いに携わる人ならば、人間に関する知識を扱う学科を多く履修するのが鉄則よ」

翌日の午後の部室で桜さんはまずこうレクチャーしてくれた。それからどの先生が出席に厳しいとか、この先生は試験で持ち込み自由だとか、名門ゼミはどの先生達の主宰だとか、様々な生きた情報を惜しげもなく教えてくれた。それらを元に夏穂は先ほどまでちんぷんかんぷんだった提出書類に印を付けていった。

「うん、これで完璧！　サボっていいのと、絶対に出席するべきものとのバランスがとてもいいわ」

「でも私、すべて出席するつもりですけれど……」

夏穂は不思議に思って素朴な考えを吐露した。桜さんはにこりと笑ってそれに答えた。

「高校と大学はまったく違うトコロなの。それにバイトとか彼とのデートとか、授業よりずっと大切なことがあるでしょう？　四角四面にしか考えられない大学生活を送っていたら、社会に出ても融通の利かないつまんない大人になっちゃうわよ」

なんとなく理解できる気がした。でも本当に分かるまでは全部出席しよう。夏穂はここで話題を変えた。昨日からずっと疑問に思っていたことだった。

「あの、桜さん、何で法学部なんですか？」

「突然の話題変更ね。でもいいわ。私、公務員試験を狙っているの。もちろん国家のキャリア官僚とかそんな大それたものじゃないんだけどね。民間に比べて男女差別が少ないらしいし、産休もたやすくとれて、定年まで当たり前のように働ける、そんな条件に惹かれたの。私って、家に籠もって夫の帰りをじっと待っているような生活は向かないと思うのよ。いつもちょこまかと動き回っている、それが私の適性なんじゃないかって」

なるほど、と思った。家でじくじくしていることに甘んじる姫宮桜さんじゃない。そんなの全然違う。

桜さんはこれから所用があると言って帰っていった。夏穂は初めての部室を観察した。本棚には様々な種類の占いの本がたくさん所蔵されていた。聖書や哲学書、そして心理学のものもあった。

「ほとんどは卒業した先輩達が寄贈したものなんですよ」

昨日たしか里崎と名乗った二年生の女の子が夏穂に近づいて、こう教えてくれた。地味な容姿に地味な服をまとった子だ。

「あなたの占いの専門は何ですか？」

「主なものは西洋占星術です。中学生の頃からやっています。世界の東西を問わず、女の子にとって占いは必須科目みたいなところがあるでしょう？　だから私もそんな少女時代を過ごしたんです。夏穂さんは占いの経験はいかほどですか？」

「実はまったくの素人で、右も左も分かりません。このサークルとの縁も偶然のもので……何から手を付けて、そして何を目指すのかもさっぱり……」

「それならばアレをまず読解すればいいと思うわ」

里崎さんは本棚の前に立って、あるファイルを引っ張り出した。そしてそのファイルの由来を語り始めた。

「これはうちのサークル出身で、現在プロの占い師として活躍している先輩が、卒業前にそれまで培ってきた自分の占いの理論を総括する目的で、書き下ろしたもののコピーなの。

手書きで書かれていて、いわばうちの宝物とでもいえるかな。内容的にも素晴らしくて、とても参考になると思うわ。ちなみに門外不出扱いが不文律となっていてね、この部屋でしか読めないことになっているから、それだけは注意してね」

はい、と答えて夏穂はさっそく手に取った。最初のページを開けてみると、美しい男文字がつらつらと書き綴られていた。えっ、男の人？　意外だという表情を浮かべると、里崎さんは微笑を湛えて頷いた。

夏穂は椅子に座り、次々とページに目を通していった。分からないことはそのままにしておいて、とにかく先に進んだ。分からない部分も多いけれども、面白い！　面白い！　時の経過も忘れてしまって没頭していると、あと四分の一ほどを残したところでお腹の虫の限界が来てしまって、残りは翌日に持ち越すことにした。窓の外はもうすっかり暗くなってしまっている。少し離れたところでパソコンのキーを打ち続けていた里崎さんは、視線を夏穂に向けてこう言った。

「だから『門外不出』なのよ〜」

あとで知ったことなのだが、里崎さんはある雑誌の占いコーナーを担当していて、その原稿を書いていたとのことだった。

帰宅の挨拶をして夏穂は部室をあとにした。あのファイルが持つ魅力、そして占いという分野の奥深さと面白さ、そして〝あえて〟その社会的な存在意義。占いなんて非科学的で……とよく言及されることの無意味さと無理解。それらの種々の思いが夏穂の頭を駆け巡っていた。そして……そして自分の場合には例の夢に対する何らかの答えを得て、実際的な行動を起こさなければならぬ者かもしれないのだ。その領域が属する世界はおそらく科学的な手段で認識可能な範囲を超えており、それゆえ市民権を決して有することのない、個人的な体験なり認識なりとしてしか、その存在を許されることはないだろう。そして同時にその領域で市民権を得ようという野心を持つこと自体がおそらく誤りなのだ。その主張にある種の〝うさんくささ〟が伴うことは必定であって、その時点で一般的な人々はそっぽを向いてしまう。孤独な作業がこれから私を待ち受けているな、と夏穂は気を引き締めた。

初春独特の気配が街のあちらこちらで感じ取れる、そんな夜だった。

桜さんと医学部生さん経由で、夏穂は二人の中学生の家庭教師先を紹介してもらった。そして学業には最小限度の時間を割り振り、あとは占い関係の研究に没頭していった。サボりやすく、あまり出席の意義が感じられない授業は、試験前にノートを貸してもらう渡りをつけてから欠席を続け、足しげく部室に通った。本当に目が回るほど忙しく、夏穂はそれぞれの事柄を精力的にこなしていった。そしてテレビゲームやテレビのドラマそしてバラエティー番組などについての話題にはとにかく困った。なにせ、やっていないし観ていないのだから。平成の女浦島太郎状態だったが、心から打ち込めるものがあることが夏穂に充実感を与え、これから先にどんなものを吸収してゆけばよいのかも、おぼろげながら形が見えてくるようになった。そのひとつは神秘学に属する書物に接する必要性である。夏穂が新聞の評論記事を読んでいた時、ある人がこんなことを述べていた。

『この世界において科学で理解できる分野というのは、せいぜい九割程度でしょう』

この発言はとても重要なものだと夏穂は思った。たとえば西洋では神の存在証明をしようと多くの学者達が試み、ことごとく敗れていった。その一方で洋の東西を問わず過去の未開文明以来、神の概念を持たなかった民族及び文化はほとんどないという事実。このことは思弁結果と直観認識の関係について、大きな示唆を与えているだろうと夏穂は思った。もちろんそれから先の思索については自分の力の及ぶところではないし、する必要もない。ただ残り一割をどの程度個人的に理解できるかどうかが、ある人の実生活における精神的な豊かさあるいは幸福感をも大きく左右するのではないか、と夏穂は思い至ったのである。

ある休日に夏穂は古本屋巡りをした。そして内容を十分に吟味し、最低限必要と思った数冊を購入した。

☆

夏穂は自分の主な手段とする占いを、姓名判断と九星気学にすることを決めた。決め手は女性占い師にありがちな西洋占星術を避けることによって、自分の独自性をアピールしたいことと、東洋の智恵に賭けてみたいと思ったことである。いったん腹が据わると、あとは比較的スムーズにことが運んでくれた。ちなみにあのファイルについては占いについての心得や概念等についてだけを参考にし、その他についてはまったく別の流派を採用することにした。

夏穂の研究の深まりとともにいくつもの季節が通り過ぎていった。恋もいくつかした。しかし相手はいつも彼女がいる男達ばかりだった。ひとりだけ、奪ってやろうと強く思った男がいた。身長が高くて甘いマスクをした男だった。思わせぶりなセリフを吐いてみたり、待ち伏せして偶然の出会いを装ってみたりもしたが、結局彼女の座を射止めることはできなかった。反対にオタク君からは告白された。当然一も二もなく断った。ほかにも何人か誘いをかける男達はいた。しかしどれも気乗りがしなかった。こうして夏穂は何度もため息をつくはめになったのだった。

当分の間、恋のほうはひと休みだ。二年生の夏に夏穂はそう心した。二十歳になったばかりの頃だった。刺激的なビキニの購入も、男心をくすぐる香水を手に入れることも、二十歳の夏穂には無縁だった。しかし、いい知らせもあった。桜さんが公務員試験に合格したのだ。サークル仲間でのお祝いの席が設けられ、夏穂は奮発して大きな花束を持参した。桜さんは満面の笑みでそれを受け取ってくれた。医学部生さんも宴が終わるまで、微笑を絶やすことはなかった。

宴が終わるとみんなで意味もなく街をただ歩き回った。湿度の高い日本の夏そのもののムッとする空気が街を包んでいたが、薄着も相まってか、それはなぜか人を開放的な気分にさせてくれる性質を持っている。しかも若い男女の集団である。恋愛感情のあるなしにかかわらず、ただ歩くだけでもとても楽しい。わいわい騒ぎながら夏穂達はある公園に辿り着いた。そしてそれぞれが好みのドリンクを自動販売機で買って、ベンチに腰かけた。里崎さんがぽつりとつぶやいた。

「あと半年経てば、ヒメさんいなくなっちゃうんだよね……」

一瞬空気が止まり、その場から言葉が途切れた。思えば桜さんは誰にとっても、このサークルの華だった。夏穂にしても桜さんなしにはこの仲間達とも占いとも縁がなかったわけだから。桜さんの表情からも一瞬笑顔が途絶えたが、そんなのは自分らしくないとでもいわんばかりに明るい声できっぱり言った。

「何言ってんの！　出会いは常に別れの始まりじゃない。それに私は社会に出たら大暴れしてやるつもりなんだから。どうせ女だから……なんていう頭の固いオヤジ達の決まり文句だって、この私が死語にしてやるつもりよ」

この発言でまた場に活気が戻った。ヒメにならできる、ヒメさんらしい、と声援が飛んだ。医学部生さんが桜さんに駆け寄り、肩を抱いた。青春の一ページだった。夏穂はこの瞬間を力一杯抱きしめた。そしてスマホのカメラでみんな揃って記念撮影した。今日という日を忘れることは一生ないだろう。夏穂はそう思った。

それから一ヶ月ほど経ったある日、夏穂が部室に行くとオタク君がすでに来ていて、何やら写真を整理しているところだった。オタク君と夏穂の関係は、すでにあの告白以前の普通のサークル仲間のものに戻っていた。

「何してんの？」

「ああ、夏穂さん。ボクがこれまでに訪れた日本の霊場の写真です。実はボク、密教系とかすごく興味があって、カネと時間ができればデジカメ持ってふらっとソレ系の場所を訪ねているんです。あのような密教系って修行のいかんによっては超能力が身に付くっていうか、ボクも超能力青年になりた……」

夏穂はその発言にあきれてオタク君の言葉を遮った。

「アナタねえ、動機が不純だし、そんな能力はとても扱いが危険だし、第一意識がミーハーよ」

「それは分かっていますけど、でも……」

「問答無用！　話にならないわ。もう超能力の話題はやめてよ！」

オタク君はしぶしぶ口を閉じた。しかし夏穂がその写真をチェックするのは別の話である。椅子をオタク君の隣に移して夏穂はそれぞれの写真を眺めた。ファイルのページをいくつかめくっていると、ある写真に夏穂の目が釘付けになった。

「……この写真……これは？」

「これはB県にある湖の霊場です。何でも飢饉とか災害がその地域を襲った時に、子供を人柱として捧げる慣習が過去にあったところです。バスを降りて現地に到着するまでにずいぶん歩いた記憶があります」

ふたつの小さな入り江とその間の地面の部分に古びた祠が建っている写真だった。アングルこそ多少異なるものの、それは高校生の時に悩まされたあの夢の映像そのままだった。

夏穂はこの湖に興味があることの理由を即席ででっち上げ、それがある場所の詳しい情報をオタク君から引き出した。アナタたまには使えるじゃん。自分なりの感謝の言葉をオタク君に伝えてから、夏穂は急いで部室をあとにした。

これから起こす行動はひとつしかなかった。言うまでもなくあの湖への旅行の準備である。思えば二年越しでやっとあの夢の謎を解く糸口を掴むことができた。霊場、子供の人柱、そして私の身に起こったあの一件……。それらが関連性という鎖でひとつにつながったのだ。興奮とともに自分の定めにある怖さをも覚えた。自分はいったい何者で、これからどこへ向かおうとしているのか……書店でガイドブックを買い求めながら夏穂はこれらの答えを探し求めていた。しかし書店を出ると夏穂はすぐにその思考を止めた。

〝現地に行けば、おそらくすべてが自ずと分かるはず。だから今あれこれと思いを巡らせる必要などないんだわ。あとはスケジュールを調整するだけだ〟

心の緊張がほぐれて少しばかり楽になった夏穂は、歩道を踏みしめて駅へと向かった。まるで夏穂のエピソードが解決へと向かっているのと同じように、一歩ずつ、一歩ずつ……。

☆

夏穂はB県の地に立った。この前の週はどうしてもスケジュールの調整がつかず、一週遅れの土日を使っての旅となった。バッグには一回分だけの着替えを詰めて、なるべく身軽に動けるようにと気を配った。山道を歩くということで、服装はスニーカーにジーンズとカジュアルなものである。残暑厳しい中、夏穂はさっそくバス停を探し当てて便を待つ。この季節に野外での長時間の行動に帽子は必需品である。つばが大きくて丸い帽子をさっそく出して、夏穂はかぶった。バスは一時間に一便ほどしかない。しかしそれもオタク君情報で想定済みだった。初めて訪れるB県……だが、拠点駅の周囲は全国どこでも今では似たり寄ったりである。同じような車種が道路を行き来し、道を歩く人々のファッションにも特に異なることはない。決定的に違うのはただひとつ、ビル群の高さだけである。

バスが来た。行き先表示を確認してからさっそく乗り込む。走りだしてからでも乗客は数えるほどしかいない。それは夏穂の目的地が観光名所ではない証拠であり、このバスが単なる生活路線を走っていることを示しているんだ、と思った。バスはしばらくの間街並みを走行していたが、それもすぐに途切れて緑豊かな地域へと風景が変わった。坂を大きく登っては少し降りるという地形を繰り返してバスは進む。夏穂にはなじみのない地形である。言葉を発する乗客は誰もおらず、ディーゼルのエンジン音だけが聞こえている。

旅先での見知らぬ人との触れ合いなどは、夏穂にとって実は苦手な部類のものである。プライベートの中核部分に踏み込まれて言葉に窮することなど、ホントに御免なのだ。それを避けるために、夏穂は必要な情報だけを仕入れると、ドライに別れるという行動を採る。今も最後部から二つ目の座席に座り、いらぬ接触がないようにと注意を払っているところなのだ。特に若い娘こそそういう行動を採るに限ると夏穂は思っている。変に関わっていると夜も共に、というケースもありえるのだから。

ずいぶん長い間、乗っている気がした。しかし目的地のコールがまだされていないことは確かだった。その時『次は◇★谷です』というコールがあった。夏穂が下車するバス停だ。

さっそく準備を整えて乗車賃分を財布から用意する。少し緊張している自分を感じた。しばらく目を閉じて心拍数が速くなっている心臓を落ち着かせていると、バスが停車した。

『◇★谷です』

「あの、降ります！」

下車すると帰りのバスの時刻表をスマホで撮影する。タクシーなどおそらくこんな山道では走ってなどいないだろうから、最重要の情報である。現在の時刻をしっかりと確認して夏穂は歩き始めた。緩やかな傾斜を持つ舗装道路をゆっくりと登ってゆく。オタク君情報によれば、しばらく歩くと案内板があるはずだけど……。汗がじわりと出てきたので、立ち止まってバッグからペットボトルのお茶を出し、水分を補給した。そしてまた歩き始める。ときおり車が行き来する。歩道のない道なので大きく中央線をはみ出して夏穂を追い抜いてゆく。そして案内板を夏穂は見つけた。また時刻を確認する。メインの車道から湖までどの程度の時間がかかるのかも重要な情報だ。さっそく舗装されていない道へと足を進める。そんなに傾斜がきつくない道が続いているな。夏穂はそのことに安堵の念を覚えた。一歩一歩土を踏みしめて夏穂は登ってゆく。不思議と雑念が湧いてくることなく淡々と足を運び、三十分ほどで夏穂は目的地に到着した。

突然一面に平地が開けた。そしてそこにはあの湖があった。山頂にある湖だったんだ。夏穂は少し意外に思った。そしてそれはその広さから池ではなく、明らかに湖だった。そして自分のほかには誰もいなかった。シーンと静まりかえったその光景を眺めて視界を見渡すと、さっそくあの祠が目に入った。夏穂は夢で見たあのアングルになるように湖畔を歩いた。そしてそれはぴったりと重なった。さっそくスマホを取り出して撮影し、ほかにも何枚かを撮ったあと、バッグから線香を三本とライターを取り出した。夏穂は線香を湖畔の地面に立ててそれに火を点ける。そして線香の火が消えるまで夏穂は一心に念仏を唱えた。それは空念仏ではなく、一占い師としての、すなわち科学では説明できない部分を少なからず理解した者としての念仏だった。それが終わると日没までの時間とバスの時刻を逆算してこの湖を去る時間を割りだし、その時刻まではここに滞在することを決めた。

湖畔に腰かけて夏穂は体育座りの姿勢をとった。そして瞳を閉じ静かに特別のバケーションを過ごそうと思った。それにしてもこの湖を包んでいる空気はどこか通常のものとは違う気がする。それは初めから感じていたことだったが、フレッシュな酸素の濃度が高いような、あるいは空気そのものが何らかのパワーを持っているかのような、そんな不思議な感じなのだ。夏穂は頭を回転させた。思うに過去の人達がここを霊場としたことにはそれなりの理由があったはずだ。その理由にしても大昔に大きな合戦があってここで人が多く死んだとか、そんな出来事が関係して霊場になったのではなく、たとえばここのある特殊な自然環境とか、そんな人智が及ばない理由で霊場となるべくしてなった、このように考えるのが妥当なように思われた。旅行の日程はあと一日残しているので、そこらあたりを地元の図書館で調べてみようと夏穂は考えた。どこの地域でもその地方史が編纂されるのは常であり、ここも例外ではないはずなのだ。

夏穂は静かに瞳を開いた。私が殺してしまった生まれる前の赤ちゃんの魂も、もしかしてここで漂っているのかもしれないな、と思った。できればここで、心ならずも人柱となった子供達の魂と戯れ、遊んでくれていたらいいな、とも思った。しかしその一方で——その一方で、ここで取り乱したり涙を流したりするのはやはり違うとも感じていた。そうではなく厳粛かつより理性的な態度で、過去のハードな歴史ときちんと向き合うべきだと夏穂は考えた。すでに自分は過去の甘ったれた、自分をアタシと名乗っていた頃のナツホチャンではないのだから。

夏穂は立ち上がって湖畔を反時計回りに歩いてみることにした。それにしても水の透明度がやけに高いことに気付いた。このまま飲料水として利用できそうなほどピュアなのだ。

〝記念にここの水をお茶のペットボトルに詰めて帰ろう〟

夏穂はすでにカラになったペットボトルを水面に浸してボトルを満たした。そしてハンカチでていねいに外側を拭いてから、バッグに入れた。ホテルに帰ってからこの水を沸かしてお茶にし、飲むのもいいかもと思った。もしかして何か特別な効能があるかもしれない。

ゆっくりと夏穂は歩く。楕円形の湖の周りには短い砂地が取り巻いており、それから先にはぐるりと緑の木々が生い茂っている。そしてさざなみがときおり水辺の位置を変えている。十五分ほど歩いたところで、あの祠の前に辿り着いた。とてもその歴史の長さを感じさせる祠だ。自分の子供を人柱として差し出した親達は、この祠の前で一心に祈りを捧げ、涙も流したことだろう。夏穂もあらためて目を閉じ、しばらくの間ここで眠る子供達にこうべを垂れて祈りを捧げた。

自分の生まれることができなかった赤ちゃんの分も含めて充分に祈り終えた。そう感じた夏穂は目を開けて深く祠に一礼し、その場を去ることにした。帰路につく時間も迫っていた。夏穂は再び歩き始めた。この湖を包む不思議な感覚を与える空気は依然として変わりなく存在している。自分がもし理系の人間だったら、何かの装置でも持ち込んで分析してみるのだが、と思った。

太陽が西の空に大きく傾いている。これで目的はひとつ達成された。夏穂は安らいだ心持ちで帰路の下り道を進んでいった。あとは図書館で資料に当たるだけだ。夏穂はひとり呟いた。

翌日ホテルをあとにした夏穂は、フロントで教えてもらった情報を頼りに市立図書館へと向かった。それはほどなく見つかり、引き続き郷土史が置いてあるコーナーの教示を受けた。分厚いそれを手にとってさっそくページをめくる。時間をかけて調べたのだが、あの湖についての記述はほんのわずかしかなかった。そして夏穂が推測したとおり、あの地で合戦等があったことはまったく記載されておらず、そこが古代から山岳信仰の対象であったこと、それゆえに霊場であること、古くから江戸時代の中期に至るまで飢饉や災害がその地方を襲うたびに、十二歳までの子供を人柱として捧げる風習があったこと、これらが知りえた情報のすべてだった。本を閉じて夏穂はふう〜っと大きく息を吐いて背伸びをした。古くから山岳信仰の対象であった以上、合戦があったことを書かなかったのではなく、それがなかったゆえに記載しようがなかったのだと解釈してよいだろうと、夏穂は考えた。

本を元の位置へ戻して夏穂は席を離れ、同じ建物の中にある喫茶店へ向かった。それにしても——あの湖から市街地へと戻ったあとに我が身に起こったことについて、夏穂は思い返していた。それは、自分とごく近い距離で相対した相手の身体から出ている波動がこちらへビンビン伝わってくることだ。最初はホテルのフロント係だった。それは比較的弱いものであり、その波動は善悪とは関係がないニュートラルな性質のものとして伝わってきた。夏穂は、いったいコレ何？　と思った。しかし彼と距離ができると波動の伝わりはなくなった。

次に感じたのはホテルの廊下ですれ違ったおじさんだった。おそらく飲酒のせいで真っ赤な顔をしたそのおじさんとすれ違う前に、ふたりの視線が一瞬交わった。そしてすれ違いざまに、どす黒くてとても気味の悪い感覚を伴った強い波動が伝わってきて、夏穂の心臓はドキッとした。絶対に振り向いてはいけないと夏穂は思った。そしてその波動はしばらくしてまた伝わってこなくなった。今にして思えばあれは自分を性的な対象としたい強い下心が、あのような性格のものとしてこちらに伝わってきたのだろうと、夏穂は推測した。

その波動についてより詳しく説明してみると、まずその量だ。強弱とも言い換えることができるだろうか。次にはその種類だ。いい波動とニュートラルな波動そして悪い波動、主にこの三つに分類できる。最後はその形態だ。尖ったところのない丸いイメージ、四角いイメージそして尖ったイメージである。しかし相手の波動を察知するその能力も、昨日に比べて弱くなっているのは確かだ。今日数回あったそれも、あっ！　微かに感じる、といった程度のものだった。この能力を持つことがポジティブなものなのかネガティブなものなのかは、まだいかんとも言いがたい。正直分からないのが本音だ。またオタク君の超能力志向を即座に切り捨てたように、普通の女性でいたいという願望も確かに持っている。いずれにせよ、あの湖と現実に関わったことがすべての源であることは疑いのないことだろう。結局のところ、これからの私がどのような人生を歩んでゆきたいと思うかが、あの能力の存在価値を決めるのだ。夏穂はこう結論付けた。

自分ももう二十歳、将来就く仕事についてそろそろ決めなければならない時期だ。会社や官公庁に勤めるのであれば、あの能力はかえってマイナスに働くだろう。ただあの湖とは遠くはなれた地で働くだろうから、自ずとなくなっている可能性は大きい。それではプロの占い師はどうだろう？　この一年半ほど取り組んできて相当の実力はついている。得られた漠然とした情報を秩序立てて整理し、解釈する能力についてはは非凡なものを持っていると桜さんから指摘されたことがあるし、全般的な感性の豊かさやカンの鋭さについても自信がある。現在訪れている地は中規模の都市であり、その人口にしてもここで開業したとして、なんとか商売が成立するだけのキャパシティーは持っている……。この瞬間に答えが出たのかもしれなかった。心ならずも命を失った者達の魂を慰霊すること。その定めに従い、それを受け入れることが自分に与えられた使命なのだ。以前から薄々感じていたことが、この旅行でより明確な形を伴って夏穂の心に大きく宿っていた。テーブルに置かれたサンドイッチセットは残りわずかになっている。最後のサンドイッチを口に押し込み、アイスコーヒーを飲み干して夏穂は喫茶店をあとにした。時は九月、残暑厳しい折であった。

☆

「桜さん、私、プロの占い師として開業しようと決心したんです」

地元に帰ってから夏穂は桜さんに時間をつくってもらい、ふたりはジャズが流れる静かなバーのカウンターに隣り合って座っている。桜さんはバーボンのロックを、夏穂は甘いカクテルを飲みながらの相談話である。しばらくの間世間話を交わしていると、桜さんは、「それで話って何?」と自ら話題を振ってくれたのだった。

夏穂はここぞとばかりにズバッと核心に触れた。桜さんは驚きの様子を隠さなかった。

「ねえ青山さん。あなたまだ二年生でしょう? 大学はどうするの?」

「今の家庭教師先の中学生ふたりの受験が終わる、来年の三月で中退するつもりです」

「……?……何でそんなに急がなきゃならないの?」

「その理由は桜さんといえども言えないのです。申し訳ありませんが……」

ふう~ん、と桜さんは声を発して腕組みをした。沈黙がふたりに流れ、その間に桜さんはマルボロメンソールに火を点けた。そして何やら考え込んでいる。夏穂はカクテルに口をつけた。夏穂は甘くないお酒はまだ苦手だ。おつまみのチーズに手を伸ばしてから桜さんはやっと口を開いた。

「たしかにあなたはうちのサークルで一、二を争う力のある優秀な占い師だと思う。私なんかまるで及ばないほどにね。だからあなたがプロになること自体に関してはまったく異論はないの。ちなみに資金はあるの？」

「小さな物件を賃借するつもりですし、家庭教師の謝金がほとんど手付かずのまま残っていますから、その点で親に頼ることはありません」

夏穂は毅然とした表情を保って答えた。しばらくの間ふたりは再び沈黙のまま真剣な視線を交わしていたが、桜さんのほうが先にその表情を緩めた。

「相当強い決心だということがよく分かったわ。ふらふらしたところのないあなただから、そしてそんなあなたがそこまで言うのだから、やってみたらいいと思う。占い師に学歴なんてまったく関係ないし、問われるのは実力だけの世界だから、大学なんてもうどうでもよくなったのよね」

夏穂は頷いた。玉の輿の結婚がすでに決まったので大学を中退する。それと事情が大きく異なることはないのだった。

　それからのふたりは意識的に占いの話を避け、普通の世間話で盛り上がった。桜さんも夏穂も大いに笑い、飲んだ。二次会の居酒屋にも誘われて、夏穂は初めて焼酎なるものを口にした。芋はその匂いからさすがに避けさせてもらったが、麦はとてもさっぱりした口当たりで、次の機会にでも注文してみようかと思った。すでに相当酔っ払っていた桜さんが夏穂にこう尋ねた。

「アンタ、夏生まれだから夏穂なんでしょう？　そうでしょう？」

「そうですけど。桜さんは？」

「決まっているじゃない！　桜が咲くのは春でしょう？　だけど春生まれだから春なになにじゃ芸がないって両親は考えたんじゃないかしら。それでひとひねり半加えて桜としたわけ。おそらくね。だからアンタの場合は芸がないってこと。ハハハ。でも芸がないのと、いい名前は別よ。夏穂ってホントにいい名前！　夏の次には秋が来て、稲穂がこうべを垂れる。そして豊かな収穫を祝ってみんなでお祭りを開く……というわけね。そんな想いがアンタの名前には込められているのよ。いい名前をつけてくれたご両親に感謝しなさい！」

こう演説し終わると、桜さんはすぐに眠りに落ちていった。あたふたしたのは当然夏穂のほうだ。泥酔者の介抱などしたこともないし、それも相手があのイイオンナの桜さんなのだ。タクシーに乗せて……といったって、第一桜さんの自宅の場所が分からない。桜さんのスマホのメモリーから医学部生さんへ電話して……も医学部生さんの名前自体が分からない。こりゃあもう万事休すだ。目が覚めるまでここで一緒にいるしかない。ともかく変な男達から絶対に桜さんを守るんだ。桜さんが目を覚ますまで、夏穂はウーロン茶を二杯飲んでは麦焼酎の水割りを一杯飲むというパターンを二回繰り返した。その間、夏穂は何かに思いを馳せるということなく、ただ無心に桜さんを見守っていた。その間に湧き起こってきた胸が痛むようないとおしさという感覚を、それからずっと先に至るまで、夏穂は忘れることがなかったのである。

夏穂の姓名判断は、提示された名前だけを鑑定して、全体運や恋愛運をぱっと伝えるだけのたぐいのものではない。その名前をある方法に従って再び数回にわたって分析し、動的に移り変わってゆく運勢までも鑑定することができるものである。九星気学については基本的に生年月日によって判定するものであるが、これも先天的な運命だけでなく、次々と移り変わってゆく運気の波も判定することができる。そして実際のところ夏穂は西洋占星術についてもすでに研究を終えていて、それを補完的に鑑定に利用することもあるのである。

占いのひとつの利用例として、よくないことが起こりそうな時期を察知した時に余分な行動を避けることによって、災いに襲われることを回避することが可能となる、これが代表的で説得力のある占いの効能だろうか。そんな占いに夏穂は人生を賭けているのである。

大学中退を決めた夏穂はすべての講義への出席を取りやめ、部室と自宅での研究に明け暮れた。特に実名での演習を多く重ねて、理論の再確認と占いの精度を上げることに時間を費やした。そして神秘学の分野や風水についてもその触手をより深く伸ばした。それらの分野についてもニーズがあるのは確実であり、起業しても少なくとも赤字になることのないようにとの思いを、そこに込めた。

ただ——ただ自分の弱点がその若さであることは明白だった。金銭の授受を伴う鑑定経験のなさも同様である。それを埋めるものとして、相手の発する波動を読み取るあの能力、B県のあの湖に足しげく通えば再び得られるであろうあの能力が、もしかしたらカギを握っているのかもしれないと夏穂は考えた。もちろん鑑定そのものは電話で姓名と生年月日さえ伝えてもらえば、何の問題もなくすることができる。しかし占い師の仕事は鑑定だけではなく、人生相談や悩み事相談そしてクライアントの愚痴を聞くことなど、心理カウンセラーが担う仕事と重なるような分野も受け持つのが通常である。クライアントの服装やアクセサリーの趣味、髪の長さやその色、顔つきや目の動きあるいは身のこなし方などの情報も含めて、占い師がその判断の材料にしていることは一般の人々にとっても既知のことであろうが、それに相手の発する波動を探知する能力が加われば、より精度が高く適切なアドバイスをクライアントに与えることができることだろう。

B県が、そしてあの湖が恋しかった。あの特殊な空気に触れたかった。しかしそれも来年三月までの辛抱だ。高校受験を間近に控えた自分の生徒達を、この時点で放りだすわけにはいかなかった。時間よ、どうか早く経ってちょうだい！

☆

正月にはお雑煮を食べ、二月には豆まきの豆を口にし、三月には生徒ふたりともが公立高校に合格したという喜びの知らせを夏穂は受け取った。これですべて無罪放免だった。

飛ぶ鳥跡を濁さずで、公に必要な手続きをすべてなし終えて、夏穂はB県へと旅立った。

新しい生活について夏穂の心に不安感はほとんどなく、期待感やときめきに大きく包まれていた。自分で生活費を稼ぎ、一人暮らしをし、そして自らに課せられた使命を果たすのである。自分の足でちゃんと立って、身の回りの様々なことごとも自らの責任でこなすことは、本当の意味で大人になった証であり、それは大学に入ってからずっと願っていたことだった。あとは商売がうまく運んでくれるかどうかだけだったのである。

Ｂ県の地に立つと予約しておいたホテルに荷物を預け、夏穂はアパートを借りるためにさっそく不動産屋へ赴いた。事前に購入しておいた地図で夏穂は住む地域の目安をだいたいつけておいたのである。すなわち湖への車道からの入り口と、この都市の中心街の両方を行き来するのに利便のいいところだ。三軒ほどを回って気に入った物件をふたつ見せてもらい、風水的によりよいほうを即決した。それにしても家賃が安いことには少しばかり驚いた。ホントにこの値段でよいのですか？　とはさすがに訊かなかったが、この具合だと故郷よりも物価自体が相当安いのではないか？　と推測された。入居も翌日からＯＫとのことだった。

次は足の確保である。夏穂にとっては原付きバイクで十分だった。ショップに顔を出してもどれがいいのかまるで分からなかったので、勧められるままに二番目に安いものを購入した。あとは最も重要なものが残っている。そう、占いの部屋にする物件探しである。こればかりはこの市街地の詳しい状況が分からないと、決めることはできない。いくら風水に詳しくても、それだけでは商売が成り立たないのは明白である。少なくとも一週間ほどは街を歩き、様々な情報も集めてから慎重に決めることにして、その日の活動を終了することにした。

その日から一週間と少しの時間を経て、夏穂は店舗の賃貸契約を交わした。中心街がちょうど途絶えるところに建っている、ビルの二階にある四畳半ほどの広さの物件である。これで本当に私の新しい生活が始まるんだ。帰り際に夏穂はビルを見上げてひとつ気を引き締めた。

夏穂の一日は日の出の時間を基準にして始まる。ある程度の明るさがないと、あの山道を歩いて登っていくことができないからである。日の出の三十分ほど前にバイクでアパートを出発し、車道からの入り口にバイクを止め、三十分かけて山道を登る。そして一面に湖が広がると大きく深呼吸してその冷気を身体いっぱいに取り入れる。最もすがすがしい気持ちになる瞬間である。それからは祠に赴いて線香に火を点け、一心に祈りを捧げる。それが終わるとバッグからシートを取り出して適当な場所に座り、手作りおにぎりとお茶でゆっくりと朝食を摂るのである。それを店休日と雨の日を除いて、毎日続けるのだ。毎日の片道三十分の登山には占いに携わる者としての修行の意味も込めており、お祈りを捧げることも含めて夏穂には欠かすことのできない行為なのである。

夏穂は占いの部屋をオープンさせると同時に、地元で無料配布されている情報誌にささやかな広告を載せたのだが、最初の月の収支はさすがに赤字となった。足りない金額を貯金から引き出した時には、正直涙が出る思いだった。しかし夏穂がいくら商売に素人とはいえ、それくらいのことは当然想定していた。一般の人達が占いというものをどのように考えているのかは、自分が実際に関係を持つまでのソレを思い起こしてみると、十分に理解できるのである。三十分三千円という一回の鑑定料にしても、社会人であれば一回分の居酒屋代、グリーンジャンボ宝くじの十枚分であり、学生であればスマホ料金に一万円弱を費やしたあとではさすがにキツイだろう。それもどこの誰かも分からない人が鑑定している、突然現れた占いの部屋である。この程度の赤字で済んだことは逆にラッキーだったのかもしれない。この業界はしょせん口コミが一番の宣伝媒体であり、いい仕事をしてあとはじっと辛抱することが大事なのだ。そう心して夏穂は二ヶ月目に臨んだ。

この月になって、家を建てるのだが風水の観点から具体的なアドバイスをして欲しい、新しく飲食店を開くことになったのだが、その間取り等について風水の観点からいろいろ教示して欲しい、といった客がちらほら来始めた。一階の入り口のところに置いてある小さな黒板には『姓名判断、相性判断、九星気学、風水』と書き込んである。実は夏穂にとってこの種のニーズを持った客には格別の想いがある。

占いとか風水とかを信じていたわけではないけれど、いざ人生で一番高い買い物をする段になるとやはり、といったケースは誰しもあることだが、ここで最も重要な点はその顧客層の年齢にある。若い女性達が彼との相性判断をなどと比較的気軽に訪れてもらえるのとは対照的に、なかなか取り込みにくいのに加え、その人達が持つ独特のネットワークや、子供や孫の命名をするに当たってのアドバイスを、といった次につながるニーズも非常に魅力的である。夏穂は言葉を選びながら特別な熱意を込めて親切かつ丁寧に提案そして説明を行った。普通に鑑定にかける時間などまったく度外視して相手が納得するまで話し合ったのである。例に挙げたこのふたりの紳士に対しては、最後に意識して戦略的にこう付け加えておいたのだった。

「設計図ができあがりましたら、ぜひとももう一度お越しください。その折には無料で再診断させていただきますので」

その言葉には両者とも非常に感激し、感謝の言葉を何度も述べて帰っていったのだった。精神的な疲れを感じながらも、一経営者としての夏穂はほくそ笑んだ。一占い師として、そして両者が発していた波動も含めて、ふたりが社会人として大きな力を持っていることが容易に見抜けたからである。そこら辺のちゃらちゃらした甘ちゃんのお姉さん方とは波及効果が桁違いであることは明白だった。ちなみに前者の場合の判断の決め手は計算された身のこなし方、後者の場合には洗練された発声法だった。

夏穂は今が再び宣伝を仕掛ける時期だと直感した。そして例の情報誌にまた広告を掲載した。今回は次のように言葉を配列し直した。『風水、相性判断、姓名判断、九星気学』と。

夏穂の占いの部屋はドアを含めて壁のすべてが黒い布で覆われている。そして照明は暗めのものを配置している。四畳半のうちの三畳を鑑定の部屋とし、あとの一畳半は鑑定待ちの人達のスペースで、そこには折りたたみ椅子を三つほど置いている。二つの部屋は厚めの板で仕切りをされていて、プライバシーが保たれる構造になっている。その鑑定待ちの椅子に常に誰かが座っていることが、徐々に多くなっていった。もちろんその多くは若い女性達だった。彼女達はよくこう口にした。

「自分達とそれほど年齢が違わないお姉さんが、鋭い指摘をしてくれると聞いたので……」

彼女達は男性との相性判断となると、とりわけ耳をダンボにして熱心に聴き、その判断結果に一喜一憂した。そんな時彼女達はよくこう口にした。

「相性が悪いって判断が出たけれど、しょせん占いでしょう?」

そう、しょせん占いなのである。どんな占いにしても結果として百パーセント当たるものなどありえない。なぜならば他者の自由意思が必然的に関係するからだ。何らかの別の利益があって、そのために結婚生活を不本意ながら続ける意思を持つ男もいることだろう。そして結果としてそれをずっと隠し通して、息を引きとる時に『君と一緒になれて幸せだった』と告げるかもしれない。しかしそのような状況は占いがカバーできる範囲外の部分である。

そんな時夏穂は占いの結果についての考え方を、次のように説くことにしている。基本的に占いは転ばぬ先の杖を提供するものなのです、と。相性判断にしてもよくない結果が出た場合には、より慎重になって相手と相対する必要性を示唆しているのであって、告白するにしても、より念入りに戦略を練ってから行動を起こすべきことを提案しているのです、と。反対にいい結果が出た場合には、その慎重さの加減を緩めて意中の人と相対してもよいこと、告白するにしてもより大胆になって行動を起こしてもよいことを告げているのです、と。

こうして出店二ヶ月目が過ぎていった。夏穂の誠実な仕事のおかげか、この月には少なくない額の黒字が出た。口コミ効果が相当現れているのは明白で、この先の見通しも決して暗くはないだろうと、夏穂は確かな手応えを感じていた。さて、自分へのご褒美は何にしよう……夏穂は熟慮してずっと気になっていた、占いの部屋の近所にある寿司屋へ行くことにした。「ハイ、いらっしゃい」という威勢のいい声を聞きながらカウンターに座ると大将が自分の店のシステムを語った。「お嬢さん、ウチは三千円、五千円、八千円の三コースがあっておまかせで握るんです。どのコースにしますか?」夏穂はしばらく考えて、まだ出店二ヶ月目だから浮かれて八千円コースを頼むのは時期尚早と思った。「それじゃあ五千円のコースで。飲み物は緑茶でよいです」。大将はこくりと頷いてさっそく握り始めた。次々と出てくる寿司のそのウマさときたら……夏穂は久しぶりのささやかな贅沢を満喫し、笑顔で店をあとにしたのだった。でも明日体重計に乗るのが少し怖いかも……。

翌日の朝、湖に行くと、そこに人がいるのを夏穂は初めて見た。二十代後半くらいの美しい女性だった。近づいてゆくとその女性は笑顔を見せ、夏穂に一礼した。会話を始めるのに不思議と何の抵抗もない雰囲気を持った人だった。彼女は語り始めた。「私は三歳の息子を交通事故で亡くしてしまいました。私の不注意が原因でした。あの時人と話しているうちに、息子の手を離してしまって……それで息子の魂が心安くいられるように、自分が子供の頃におばあちゃんから逸話を聞いたこの湖にやってきたのです」

「そうですか……私は自分の身の上についてお話はしませんが……でも死者の魂を癒しに来ていることはあなたと同じなのです」

彼女は立った状態から中腰の姿勢に変え、再び口を開いた。

「私はとても悲しくて一週間泣き暮らしました。そして自分を責め続けました。ある日ふと我に返った時、親鸞上人について書かれた本が家にあることに気付きました。それはおばあちゃんが残していった本らしくて……。日本史の授業で耳にしたことのあるあの名前……私は貪るように読んで、念仏を唱えてみました。〝ナムアミダブツ、ナムアミダブツ〟と。すると不思議と一日のうちに泣いている時間が減っていったのです。最初のうちはまさに空念仏でした。でもあの苦しみから逃れられるようにワラにもすがる想いだったのです。息子の笑顔を思い浮かべながら、私は毎日念仏を唱えました。すると私の念仏はカタカナの〝ナムアミダブツ〟から、漢字の〝南無阿弥陀仏〟へと変わってゆき、ある時声を絞り出すようにして、〝南無、阿弥陀仏!〟と叫んだのです。その時の私は心で、〝どうか阿弥陀仏様、私と息子をお助けください〟

と強く念じながらその言葉を発したのです。すると……ナイフでギザギザに切り裂かれた私の心が、再びひとつになってくるような、そんな気がしたのでした。おかゆものどを通らなかった状態も、少しずつ果物、おかゆと食べられるようになっていきました。――しかし私がなんとか立ち直れたのも、もしかして親鸞上人や念仏のおかげではなかったのかもしれません。時間の経過……そう、それなのかもしれませんが、でも念仏に出会っていなかったならば、それがなかったならばと考えると、少しゾッとします。極端な話、今私はこう思うのです。無神論者や無仏論者が念仏を唱えたっていいんじゃないかって。難しいことは分かりませんし、考えるとか研究する気もありませんけれどね」

「親鸞上人ですか……私はあの方とあの方の教義については一般常識程度の知識しかあいにく持ち合わせておりませんが、素晴らしい方だと思いますよ。これくらいのことしかコメントはできませんけれど」

ふたりは視線を合わせて小さく微笑んだ。そして祠の前に並んで座り、線香をあげて一緒に祈りを捧げたのだった。

☆

占いの部屋の常連客も何人かできた。ひとりは二十三歳の会社員である。本当に普通の容姿を持った女性で、服装にしても地味なものを身に着けていた。ひと言で言えば、華のない女性とでも表現できるだろうか。彼氏にしてももう二年近くいない。二十五歳までには絶対に結婚したいと望んでおり、それも恋愛結婚に強くこだわっている。最初の鑑定でも恋愛運の弱さがしっかりと現れており、それをオブラートに包みながら彼女に伝えた夏穂だった。九星気学の観点からもちょうど巡りが悪い時期にあたっていて、二十五歳までの結婚は難しく、たとえ結婚できたとしても、何らかのトラブルに悩まされることは必定の運気だった。

「先生、それでは私はどうすればよいのでしょうか？」

彼女は真剣な面持ちでこう尋ねた。夏穂は答えた。二十五歳までの結婚にこだわることと、恋愛結婚にこだわることの無意味さをまず説いた。次に服装について忠告した。暗い色の服ばかりを着ていると、その色が心理的な面にも影響を及ぼして心の明るさも失われてゆく傾向があると。ショップへ赴いてファッションセンスがありそうな店員のアドバイスをもとにして、自分に似合っていてなるべく明るく、華やかな雰囲気をかもし出すものを選んでもらって、それを身に着けること。コーディネートについても積極的にアドバイスしてもらい、洗練されたイメージを他人が感じるような着こなしを身に付けること。施す化粧についても同様であること。これらの内面及び外面にわたるアドバイスをすると、彼女は分かったかのような、分からなかったかのような複雑な表情を見せて帰っていった。

次の週にも彼女はその姿を見せた。先生、聞いて欲しいことがある、と彼女は切り出した。女同士も含めて、職場での良好な人間関係を保つのにとても苦労している、といった内容だった。続いて○○さんへの愚痴、△△さんの悪口等々を繰り返すのだった。そして職場に恋愛対象となる男性がいないとの嘆きもあった。これも仕事のうちと割り切って、夏穂は最後まで静かに彼女の話を聴いてあげた。ああ、これでスッキリした、と最後に言って三千円を財布から出し、彼女は帰っていった。その服装は先週の夏穂のアドバイスどおり、改善の様子が見受けられたのが少し嬉しく、せめてもの救いだった。

そして次の週にも彼女は現れた。今回の服装はとても華やいだもので、その表情もうきうきしている様子が明らかだった。ただ衣装を着こなしているというよりも、着られているという感じで、微妙に不自然さがあった。

「ねえ、先生、相性判断してくれる？」と息を弾ませて依頼する。

「相手の名前は？」

「ヒロシ君よ」

「なにヒロシ君？」

「下の名前しか分かんない。名字も分からなければ判断できないの？」

「そんなことはないけれど……でも判断の正確さは格段に落ちますよ。それでもいいのですか？」

「ええ、かまいません」

「それじゃあ、ヒロシ君の漢字はどう書くの？」

「それも分かんない」

「?……あなたいったいヒロシ君とどこで知り合ったの? ナンパでもされたの?」

「いいえぇ合コンで、ですよ。ちゃんとした合コン! とってもイイオトコなんですよ」

「……分かったわ。じゃあ日本人だろうからヒロシはひらがなの、〝ひろし〟で鑑定します。五分ほど待っていてください」

――(五分経過して)――

「結果が出ました。かなりの好相性です……けど、あくまでも参考程度に考えておいてくださいね。告白して撃沈されたとしても、ただ〝ひろし〟だけじゃこちらではまったく責任は負えませんから」

「先生、もちろんそれは分かってます。でも好相性かぁ、なんだか嬉しくなっちゃった。ああっ、そしてもうひとつお願いがあったんだった。何か運気が上昇するグッズって、先生のところで扱っていませんか? あれば、ぜひとも手に入れたいんですが」

「運気が上昇するグッズですか……あのようなものって、とてもまがい物が多いので……（あれっ、ちょっと待てよ。超能力大好き青年のオタク君が、たしかあの手のもののエキスパートだった。そして念が入れられていないパワーストーンをいくつか持っていたな。邪念が込められているヤツだと始末に負えないから、その点も含めて電話で聞いてみるか）

あっ、心当たりがあります。こちらに届きましたらお電話をしますので、この紙に連絡先の電話番号を書いてください。ただし今回は特別措置であると考えておいてくださいね」

「はい、分かりました。感謝します。ちなみにそのグッズって何ですか？」

「パワーストーンです。特別な石です」

彼女はスマホの番号をいそいそと紙に書いて、また三千円を置いてうきうきで帰っていった。彼女の幸せはいったいいずこにあるのだろう……。

もうひとつ、夏穂が普段の二倍は力を込める必要のある常連客についての話である。

高校生である彼はヤンキーっぽい少年で、いつも神経を尖らせている様子が夏穂にもビンビン伝わってくる。

「あのさぁ、俺って学校の先生や友人とも、いまひとつうまくいかないんだ……」

もともと彼は占いのやり方を教わろうと考えて夏穂の占いの部屋へ足を運んだのだった。

しかし夏穂はそれを次のように述べて拒んだ。

「あなたはまだ高校生なんだし、もっと別のことや学校生活そのものを優先すべきだと私は思います。そもそも占いって人生を扱う仕事でしょう？　人の生き方を知るうえでも、学校生活をないがしろにするべきではないと思うわ」

彼の持っているナイーブさは、大人のささいな見栄や打算をも敏感に察知し、それに拒否反応を示しかねない雰囲気を漂わせていた。この子にはキレイごとは通用しない。ありのままの自分で接しなければ、と夏穂は心した。単なる説教に終わらないように気をつけながらいくつかの言葉を交わし合って、その日はそれで終わった。

それからしばらく経って、彼は再びその姿を現した。彼は学校を辞めるかもしれない、と言う。占いを教わりたいと前回述べたことにしても、どうもそれが前提にあったらしい。

彼は強い口調で、こう言った。

「学校なんて行ってもムダだよ。学校へ行ってなくても立派に生活している人はいるし、そもそも学校の勉強なんて、社会に出ても何の役にも立たないじゃないか!」

夏穂はこれを聞いて自分の感情が昂り、熱くなるのを覚えた。彼がその若さゆえに大きな誤解をしているのが分かったからだ。夏穂も彼に負けないくらい強い口調で言い放った。

「あなた何を言っているの! 学校へ行くのは決してムダじゃない。私は学校生活さえ大切にできない者が人を占えるとは思えない。それにヤンキーを立派だなんて私にはとても思えないわ。だいたい一度自ら枠をはみ出しておいて、社会が与える枠に戻ることが立派だというのであれば、最初から悪い誘惑に負けまいと努力した人はどうなるの? 今のように妙な価値観が横行する時代では、不良から更生した人を立派だともてはやしたりするのかもしれないけれど、自らに与えられた生活環境を生かす努力を最初から続けてきた人のほうが、やはり立派だと私は思う。

ちなみにこれは私が実感していることなんだけど、学校の勉強って実は社会に出ても実際に役に立つものなの。ものごとをきちんと筋道を立てて考える訓練をしておかなければ、社会に出ていまだ出くわしたことのない問題にぶつかった時に、どう対処できるっていうの？　それに、たかが高校レベルの勉強くらいで自己の可能性が少しでも開かれるのならラクなものじゃないの。あなたは自分の可能性を自らつぶそうとしているとしか私には思えないわ！」

彼は顔を真っ赤にして口を閉ざしていた。そして走って部屋を出ていった……。

数日後、彼のお母さんが夏穂の占いの部屋へ顔を見せた。お母さんは夫との離婚など、複雑な家庭の事情などを話された。夏穂は率直にこう助言した。

「若い人の未来はとにかく大切なのです。そして若い人はとにかく感じやすく、傷つきやすい。それはまだ免疫システムが構築されていないのが主な理由なのですが……。お母さん、今がもしかしたら正念場かもしれませんよ。しっかりと気を入れて、彼と向き合ってみてください。そして前向きな結果が出るように、ひとりの人間同士としてしっかり話し合ってください。必要とあれば私も微力ながら力をお貸ししますので」

お母さんは何度も頭を下げて、前回の息子の分も含めてと、福沢諭吉を置いて帰っていった。その後ろ姿がなんとも愁いを帯びていて、母の息子に対する想いが心に突き刺さるように感じられた夏穂だった。

彼は今度いつ姿を現すのか。夏穂はそれを待っている。

☆

B県で、ある殺人事件が発生した。テレビ及び新聞でも全国に伝えられ、夏穂も当然その情報は知っていた。その事件とは……母親が加えた幼児虐待による殺人だった。その幼児はまだ二歳の女の子で、遺体には事前のものと思われるいくつもの傷及びアザがあったという。夏穂は新聞を置いてため息をついた。またこの種の事件がB県でも起こってしまったのかと。

夏穂にその母親の夫から電話があったのは、その翌日だった。彼は声を絞り出すようにして悲痛な様子を隠さずこう述べた。

「先生は占いだけではなく、風水の観点からの家相のアドバイスもしてくださると耳にしたものですから。実はこんな事件が我が家で起こってしまったのも、それと何らかの関連性があるように私には思えてならないのです。それでどうしても鑑定していただきたく、こうしてお電話を差し上げている次第です。場合によってはどんな負担にも耐えて、家を建て替えるなり転居するなりして、この不幸の連鎖を断ち切りたい所存です。なるべく早く来ていただきたいので、これから私の住居の地図をファックスでお送りします。そして来ていただく折にはタクシーでお越しください。どうか、どうかよろしくお願いします」

電話が切れると、さっそくファックスが送られてきた。夏穂は一瞬どうしようかと思った。現場へ赴くとなると、一日あるいは二日間、占いの部屋の営業ができなくなるだろう。しかし彼の〝不幸の連鎖を断ち切りたい〟と言った時の、その声の真剣さが結局決め手となった。【本日特別業務のため臨時休業】と書いた紙を入り口のドアに張って必要なものを入れたカバンを手にすると、夏穂はタクシーに飛び乗った。

運転手になるべく早く現地に着きたい旨を告げ、例の家の地図を手渡すと、タクシーは猛スピードで走りだした。車窓を流れる風景を眺めながら、これからする仕事の段取りが次々と脳裏をよぎる。風水鑑定は当然として、家族全員の姓名判断もやはりしておいたほうがいいだろうし、そして……、ここで夏穂はしばらく休んでおこうと思った。精神的にハードな仕事となったら、それこそ自分の精神のスタミナ勝負だ。

夏穂は瞳を閉じて、つかの間の休息をとった。


「お客さん、あと十分ほどで到着すると思います」

この声で夏穂は仕事モードに心を切り替えた。それにしても……それにしても、この町並みはいったい何？　町並みのその特殊な造りによって、町全体の気の流れが異様に澱んでいるのを夏穂はまず感じた。それと同時にこの町自体が発している波動の一種不気味な感触が、夏穂の心をいっそう曇らせた。でもこれでこそ私の仕事が必要になるんだ。夏穂は波動の影響をできる限り受けないように、心の扉をコントロールした。そう、夏穂はすでに、無遠慮に進入してくる波動をシャットアウトする能力を、ある程度身に付けていたのである。

タクシーを降りると、たしかにγ◇◇◇という表札がかかっていた。呼び鈴を押す前にスマホで電話して、先にγさんに家から出てきてもらう。すると財布を手にして表情を強張らせながら何度も頭を下げる男の人が出てきた。年はおそらく三十五歳前後と思われた。

応接間に通されると夏穂は簡単にビジネスの話に触れ、同意を得ると、出されたお茶に手を付けずにさっそく家の間取りの確認をした。左手には使い慣れた方位磁石を持っている。すると風水的な発想がそこにはまったくなく、いわばめちゃくちゃな状況だった。水回りやトイレの位置にしても正常な気の流れを逆に阻害するところに配置されており、まったくの素人でさえ〝この家なんか造りがおかしい〟と簡単に気付けるものだった。五分ほどですべて回り終えて、夏穂はγさんに率直に結果を告げた。

「話にならない間取りと構造です。例のひとつとして、水回りが正常な気の流れを逆に阻害する場所に配置されています。そしてこの町自体も同様で、その特殊な造りによって、町全体の気の流れが異様に澱んでいるのを、私は強く感じました。それゆえに建て替えではなく、別の町に転居することが必要です。それもできるだけ早く……そうしないと、また何かの災厄がお宅を襲うことになるでしょう。正直言って、私はこの家からすぐにでも立ち去りたい。これから先の話は喫茶店かどこかでしませんか？」

γさんは失意の表情を見せて頷いた。やはりそうだったか。彼の顔にはしっかりそう書いてあった。

「あと、家族全員の生年月日が分かるものを、必ず携帯して出てください」

夏穂はこう付け加えた。

ふたりはしばらく車を走らせて、ある店に車を置いた。そして店員やほかの客になるべく話を聞かれることのないテーブルについた。夏穂はさっそく家族全員の姓名と生年月日を見せてもらった。

お爺さんとお婆さん、そして本人、今は警察にいる妻、五歳の長男、亡くなった長女の六人のデータが揃った。鑑定の結果、意外にもお爺さんと亡くなった長女ふたりに特に強く凶名の、ある特徴が出ていた。またお婆さんにもお爺さんほどではないが、凶名のある特徴がやはり出ていた。殺人を犯した妻の名は可もなく不可もないもので、ただ九星の巡りだけが凶の位置にあった。

「結婚されて三年経っておられますよね?」

当たり前のことを確認すると、γさんは頷いた。そうなると現在の名前で判断してよい。これですべてが解読できた。夏穂はそう確信してゆっくりと口を開いた。

「γさんの現在の家系で最も悪い影響を及ぼしているのはどうも、まずお爺さん、次にお婆さんですね……。そして殺人を犯した奥様自体には特に問題はなかったが、あなたの御両親と悪い家相の影響が、結果としてあのような行為に走らせた、全体としてこんな結果が出ていますが、いかがですか?」

γさんが驚きの表情を見せた。まるで幽霊でも見たかのような、そんな表情だった。

「そ、そこまで分かるのですか?」

夏穂は頷いた。γさんは、ぽつぽつと語り始めた。

「私の親父は結婚後も呑む、打つ、買う、をやめることのない人でした。そして買うだけではなく常に何らかの愛人がいた人で、それに対して母が怒り狂う、そんな繰り返しで定年を迎えました。母のイライラは当然私達にも向けられ、その様子を察知した妻が別居でなければ結婚しないと言い張ったので、私達はいわゆるスープの冷めない距離で両親の家との生活を始めたのでしたが……お恥ずかしい話、それはいわゆる嫁と姑の関係の始まりでもあったのです。時に母の嫁いびりは、それはひどいものでした。そのことについては詳しく言及したくないほどです。そして親父の、常に愛人を持つ生活を経済的に支えたのが、皮肉にもギャンブルだったのです。その運だけは生まれながらに持っていたようで、そのことは私にはいまだに不思議なのですが……現在は年金生活ですが、今も朝から酒を欠かすことのない、いわゆるアル中状態です……」

夏穂は頷いてこう述べた。

「悪運があったのです。そしてギャンブルのほうにばかり運を使ってしまって、結果的に人間として一番大切な種類のものにまではツキが回らなかった。人生とはそんなものです。それからお爺さんのアル中ですが、精神科への受診を強くお勧めします。

アルコール依存症は治療が必要な心の病なのですよ」

γさんは肩を落として、「ああ、そうだったのか……」とだけ口にした。夏穂にしても人が背負っている業の深さ、人生の重み、切なさ、悲しみが入り交じった複雑な感慨が押し寄せてきて、しばらく身体の震えが止まらなかった。しかしすでに起こってしまったものはもう致し方のないことである。夏穂は気をしっかり持って身体の震えを払いのけ、こう彼に告げた。

「転居先の家が決まりましたら、今度は何度でも無料で家相等についてのご相談をお受けします。そしてこれには追加料金が必要なのですが、亡くなられたお嬢さんの供養の儀式を私自らがぜひ行いたいのですが……どうされますか？」

「それで娘の魂が心安くいられるのであれば、ぜひとも先生にやっていただきたいです。ちなみに費用はおいくらくらいでしょう？」

「そうですね、五万円ほどです」

「わかりました、ぜひともお願いします。鑑定してくださった方が先生で本当によかったです。本当に、本当に、ありがとうございました……ありがとう……」

γさんは最後に男泣きに泣いた。夏穂ももらい泣きしそうになったが、それは商売柄許されないと思って、必死に堪えたのだった。

その三日後の朝、白装束を身にまとった夏穂はあの湖の湖畔で日の出を待っていた。今日の儀式のコンセプトは、眠りについている神々を決して起こすことなく、あの亡くなった女児の魂だけを慰霊することである。永い眠りについているこの湖についてもそれは同様で、その行為は素人が決して踏み入れてはならない領域に属しているものなのである。

太陽の一番上の部分が顔を出した。夏穂の右手がすっと上がり、その儀式は始まった……。

三十分ほどして、すべての儀式は無事に終了した。夏穂は魂との接触ができる存在から、ゆっくりと再びただの一人の女性へと戻っていった。そして完全に現実世界に属する存在へと戻った時、力を使い果たした夏穂は湖畔にすとんと腰を下ろした。そして目を閉じ、今湖を包んでいる空気を胸いっぱいに吸い込んでみた。それは普段とまったく変わるところのないものだった。安堵感が夏穂の心を包み込んで、コンセプトどおりにことが運んでくれたことを素直に喜んだ。

しばらくして疲労の癒えた夏穂は誰もいない湖畔で普段着に着替え、家路についた。そして夏穂の姿は湖から消えた。残されたのは、眠り続けることを再び許された、あの湖だけだった。

了

参考文献

『愛するということ』エーリッヒ・フロム著　鈴木晶訳　紀伊國屋書店
『臨床心理学』第一巻、二巻、三巻、四巻　河合隼雄監修　創元社
『実存主義とは何か』J－P・サルトル著　伊吹武彦訳　人文書院

著者プロフィール
田所 和馬（たどころ かずま）
1961年広島県生まれ
一橋大学卒業
広島県在住

臨床心理士　桜井純一郎／眠れる湖

2019年 1 月15日　初版第 1 刷発行

著　者　田所 和馬
発行者　瓜谷 綱延
発行所　株式会社文芸社
〒160-0022　東京都新宿区新宿1－10－1
電話 03-5369-3060（代表）
03-5369-2299（販売）

印刷所　株式会社フクイン

ISBN978-4-286-20148-1